名も無き世界のエンドロール

行成　薫

集英社文庫

contents

本文デザイン／團　夢見
(imagejack)

名《な》も無《な》き世界《せかい》のエンドロール

The end of the tiny world

名も無き世界のエンドロール

「お前、またふわあ、つったな！　ふわあ、ってよ」

いつの間にか、涼しい顔で腕組みをしたマコトに見下ろされていた。俺《おれ》は、アイツの仕掛けた程度の低いドッキリに引っ掛かって転倒し、自分が立っているのか寝ているのかもよくわからないでいる。

「黙れ」

開ききった瞳孔《どうこう》に力を込めて、懸命に虚勢を張る。

「どういうことだ」

「何がだ」

「今日は、ここで初めてお前と会った」

「そうだな」

「俺は、今朝、真新しい煙草《たばこ》を買って、登校がてら一服した」

「高校生にあるまじき行為だ」

「今、俺は俺のカバンから俺の煙草を取り出して、俺のライターで火をつけた」

「全くその通りだ」

「じゃあ、なんでその煙草が、急に火花を散らして燃え上がるんだ」

「なんでだろうな」

ふざけるな、と俺は憤る。

「高校生のくせに、煙草なんて吸うんじゃねえと、天の神様がお怒りなんじゃねえか」

「神様なんているかよ」

「まあ、いねえだろうな」

「じゃあなんでだ」

「なんでだろうな」

アイツは同じ銘柄の煙草を自分のポケットからつまみ出し、ほれほれ、と言わんばかりに振ってみせた。

「おかしいだろ」

「なにがだ」

「それが今朝買った煙草だとしたら、いつの間にすり替えたんだ」

どうやらアイツは俺の煙草と、花火の火薬を仕込んだ危険極まりないお手製ドッキリ煙草とをすり替えていたらしい。まだぎらつく太陽が、マコトと一緒に俺を笑っていた。

「お前はさ、今日の昼、何を食ったんだ」

昼飯、が咄嗟《とっさ》に思い出せず、返答に詰まって顔をしかめる。ややあって、昼の情景が記憶の奥まったところから鮮やかに蘇《よみがえ》ってくる。

「味噌《みそ》チャーシューメンとチャーハンのセット」

「食いすぎだ。どこで食った」

「学食」

つまりはそういうことだよ、と言って、アイツは買って間もない煙草を、無慈悲に握りつぶした。

「酒と煙草は二十歳から」

「余計なお世話だ」

ようやく上体を起こし、立ち上がる。一張羅の制服が、砂埃《すなぼこり》で真っ白になっていた。顔は羞恥心《しゅうちしん》で真っ赤になっているだろう。

「お前の健やかな成長を願う、親心みたいなもんだ」

「成長どころか、危うく死ぬところだったじゃねえか」

「大げさだなあ、お前は、毎度毎度」

マコトはにっと笑って、俺の胸に手を置く。

「お前の心臓なんて、死んでも止まらねえだろ」

日本語として成立してねえ、と言いながらほっそりとした手を振りほどく。

「死んでも心臓が動いてそうなのはお前のほうだ」

「天才は若くして死ぬと言う」

「憎まれっ子世に憚《はばか》るとも言う」

「なんだよ、不機嫌な顔しちゃってさ」

「不機嫌だね。不機嫌な上に不愉快だ」

「不愉快なのか」

「ああ、不愉快だね」

「でも、試合で負けたことは忘れたろ」

うっ、と言葉に詰まる。まあ確かに、と頷《うなず》くのはまんまと操られた気がして嫌だった。

「忘れるわけねえだろ」

俺の高校生活は大半の時間が野球というスポーツに費やされ、後はおまけのようなものだった。中学から始めた野球は、才能や頭脳、容姿や運に恵まれない俺にとって、唯一、人に誇れるものであった。はずだった。

甲子園《こうしえん》出場を最低条件として臨んだ地方予選、我が野球部は格下相手にいともあっさりと負け、二回戦での敗退と相成った。高校三年間、人生十八年の集大成と位置づけた大会で残した成績は、七打数一安打、打点ゼロ、失策二というなんともお粗末なものだった。

俺は泣くタイミングもわからないまま、予想外の速度で野球漬け生活からの引退を余儀なくされ、現実社会に引きずり戻された。遊び方もわからず、いまさら勉強をする気にもならない。とりあえず今まで見向きもしなかった酒を口にし、煙草を咥《くわ》えてみた。別段興味があったわけでも無いが、目的を見失った者たちが、皆そろいもそろってそうするのは、何か意味があるのだろうと思ったのだ。

飲酒喫煙自体にはそれほど意味があるわけではない、ということには早い段階で気づいたものの、気づいた頃《ころ》には、なんとなくやめがたいものになっていた。アイツはそんな俺を、いつも苦々しく見ていたのかもしれない。

「とにかく、不愉快なもんは不愉快だ」

「お前は不愉快なんじゃない」

「じゃあなんだよ」

「安心しているんだ。自分が確かに生きているって気づいて、安心している。だけど、それがカッコ悪いから不愉快なフリをしているだけだろ」

「知ったようなことを言うんじゃねえ」

でも、そうだろ、と言いながら、マコトは深く透明な瞳《ひとみ》で、俺を真《ま》っ直《す》ぐに見た。

マコトとの付き合いは、小学校一年の時にクラスが一緒になったことに始まる。その頃からアイツのランドセルは爆竹や花火、ビニール製の蛇や生きたトカゲなんかでパンパンに膨れ上がっていて、学校内でも「変人」としてやたら有名だった。

休み時間ともなれば必ず誰《だれ》かの悲鳴が聞こえていたし、アイツのドッキリのせいで授業がストップしたことは数知れず、巻き添えを食って共犯扱いされたことも何度かあった。直接の被害者となった回数に至っては、全人類中でも俺が間違いなくダントツで多く、日に二度三度と仕掛けられることなどザラだった。不運なことに、俺は自分でもどうしようもないくらいのビビリ症で、アイツにしてみれば格好の獲物だったのだ。

マコトのことを、俺は「ドッキリスト」と呼称した。その称号には、ある種の畏怖《いふ》と、少しの尊敬の念、そして溢《あふ》れ出るうらみつらみが込められていた。

「でもどうよ」

「なにがだよ」

「生きてる、って感じ、するだろ？　心臓がバクバクしてさ、顔とか手とか、熱くなってさ」

「うるせえ」

マコトが笑って整った顔立ちがくしゃっとゆがむと、頬《ほお》には猫のヒゲのようなしわができる。その屈託のない笑顔を見ると、たいていのヤツは怒る気を喪失する。それは、俺も同じだった。

＊　＊　＊

吐き出した煙の中に浮かんでいた光景は、朝の空気の中にさらりと溶けて消える。いつもは冬曇りの澱《よど》んだ空が、今日は珍しく澄み渡っていた。吹き抜けていく風は冷たいが、息を吸い込むと肺の中が浄化される気がして心地よい。だが、俺は清浄な空気だけでは物足りずに、三本目の煙草に火をつけた。

煙草を吸い始めた頃の青くて淡い記憶が蘇ってきたせいか、酸素を削《そ》ぎとられた空気を肺から外へ追い出しても、妙に甘酸っぱい何かが胸の中に残っているのを感じた。まだ若かった高校生の頃の記憶は、輪郭が欠けることもノイズが入ることもなく、三十を過ぎた今も色鮮やかなままだ。

この一本を吸い終えたら、煙草をやめることになる。今までに幾度となく挑戦しては挫《ざ》折《せつ》を繰り返していた禁煙だが、もはやそうもいかない。禁煙、というよりは、非喫煙者に生まれ変わる、と言う方が正しい。

住宅地の端っこからちょっとした丘の上にある公園を横切り、小さな田んぼや小川を突っ切る獣道のような私道を抜ける。そこから林道に入って五分ほど歩くと、急に視界が開ける。目の前には、「押ボタン式」と書かれた信号と、最近塗り直されたのか、妙にくっきりとした横断歩道がある。道は、県道四十六号。この道を向こう側に渡り、貯水池の横を通り抜けてしばらく歩けば、駅前の喧騒《けんそう》が聞こえてくる。この裏道は、西の住宅地から東側の繁華街へ至る絶好の抜け道だった。

林道を抜けた辺りから見る県道四十六号は一本道で、長くてゆるい下り坂が数キロにわたって続いている。道幅はそれほど広くなく、車通りもほとんどない。この横断歩道を渡るために、わざわざ歩行者用信号の押ボタンを押す人間はまずいなかった。

だが、林道を抜けて県道脇《わき》に出ると、俺は迷わずそのボタンを押す。普段誰にも押されることのない押ボタン式信号は、急な来客に驚く寂《さび》れたラーメン屋のように慌てて目を覚まし、車道にせり出した信号機を黄色に変える。そこから赤信号が点灯するまでの数秒間、俺は路肩に佇《たたず》んで歩行者用信号が「進め」と言うのをじっと待つ。押ボタン式信号の押ボタンを押さなかったら、押ボタンの立場がねえだろう。呪文《じゅもん》を唱えるように、早口でお決まりの一言をつぶやく。

やがて、信号が青に変わった。携帯用の灰皿に煙草を押し付けて火を消し、ゆっくりと歩き出す。狭い県道には、中央分離帯もない。オレンジ色のセンターラインが、真っ直ぐに引かれているだけだ。追越禁止のセンターライン。どこまでも続く一本線は、中央線というより境界線のように思えた。

横断歩道の中央に差し掛かった時、左耳が高速で迫ってくる何かの音を捉《とら》えた。慌てて顔を音のする方に向けると、湧《わ》き出したように車が現れて、目の前ぎりぎりを猛スピードで通過していった。俺は、ふわあ、と小さな悲鳴を上げて、身をよじる。

一瞬の出来事だったが、黒いステーションワゴンの運転席に座っている男の顔が、はっきりと見てとれた。唇が薄い中年男だ。男は何かに取り憑《つ》かれたのか、もしくは何かに追われているのか、とにかく生気のないうつろな表情で前だけを見ていた。車は、常軌を逸《いっ》した速度で、あっという間に視界から消えていく。この辺りを猛スピードで下っていく車は比較的多かった。

俺は県道のど真ん中で、派手な尻餅《しりもち》をついていた。加えて、手に持っていたコンビニ袋を放り投げてしまい、路上にはぶち撒《ま》かれた中身が点々と散らばっていた。メンソールの煙草、パーティ用のクラッカーに、クリスマスの時期によく出回るシャンパン風の清涼飲料。瓶はなんとか割れずに済んでいた。一張羅のスーツは、砂で真っ白になっていた。

「ふざけんな！」

急いで立ち上がると、もうずいぶん先まで遠ざかった車に向かって叫ぶ。信号無視だろ、赤信号だぞ。見ろ、五十キロ制限の標識が立ってるだろ。続けざまに叫ぼうとしたが、どうせ聞こえるわけも無い上に、声を張り上げるのが面倒だということに気づいた。心臓は音が聞こえそうなほど強く胸を叩《たた》いている。顔と手は熱を帯びていた。首筋は冷たい汗でじっとりと濡《ぬ》れていた。

「違う」

　そうつぶやくと、誰かが後ろで「なにが？」と返事をしたように感じた。振り向いたところで誰もいないことはわかっている。ただ、誰かに返事をして欲しかっただけだ。

「これは、ビビったわけじゃねえ。生命維持のための、回避行動だ」

　心臓の拍動や、手足の発熱、発汗、という身体的な反応はうざったくて、胸を覆いつくす苦酸っぱい感じは、なんとも不愉快だった。喩《たと》えて言うならば、自宅のポストにピンクチラシがぎゅうぎゅうにねじ込まれていた時のような。いつまでも、ねっとりと首元に絡みつく不快感に、思わず顔をしかめる。

「ビビったんじゃない」

　今度は、得体の知れない返事は聞こえなかった。とてつもなく遠くから、かすかな笑い声が聞こえた気がした。

　歩行者用の信号は、もう点滅を始めている。俺は撒き散らしたコンビニ袋の中身をかき集め、内側から肋骨《ろっこつ》をへし折りそうなほど激しく拍動する心臓をなだめながら、横断歩道を渡りきる。心臓は動いている。目的地は、もう目の前だ。

硬直した世界とナポリタン

◆半年前　三十歳

　よう、と手を振りながらマコトが現れたのは、待ち合わせ時刻から二十分ほど経過した頃だった。

「遅《おせ》え」と言い放った俺に、アイツが馴《な》れ馴れしく右の拳《こぶし》を差し出す。反射的に拳を握って応《こた》えようとしたが、びくりと肩を震わせて手を引っ込めた。握手や挨拶《あいさつ》に見せかけた電気ショックは、マコトの得意技だ。手が触れた瞬間、腰が突っ張るほどの衝撃が走って、ふわあとひっくり返る。マコト曰《いわ》く「絶妙な具合にコントロールされた」それは、いたずらと言うには強力すぎるが、暴力と言うほど強くはない、というレベルに設定されているらしい。人を激怒させないギリギリの威力、だそうだ。ガキの頃は幾度となく引っ掛かったドッキリだが、さすがの俺も学習する。三十になってまでおいそれと引っ掛かるわけにはいかない。

マコトはいつものように、涼しげで底意地が悪く、それでいてどうにも憎めない笑みを浮かべた。

「今日は何も仕込んでない」

「嘘《うそ》つけ」

「ほんとだって。触ってみろよ」

「嘘だ」

油断ならないドッキリストとの接触を断固拒否し、いつもの扉を開ける。マコトと飯を食う時は決まって、この「ミルキー・ミルキー」という、ローカルチェーンのファミレスだった。外装は昭和の香りが濃いめに漂っていて、ネオン管をひん曲げて作った店名ロゴが夜になるとカラフルに光りだしたりするぶっ飛びセンスだが、地元の人間に愛されているのか、なかなか潰《つぶ》れない。巨大資本のファミレスチェーンにお粗末な竹槍で挑んでいるかのような悲壮感が、日本人特有の判官びいき的心情をくすぐってやまないのかもしれない。

からんころん、という古めかしいカウベルの音とともに、いつも通り俺が先頭を切って店内に入る。ドアを開けると、クーラーのおかげで梅雨時《つゆどき》のまとわりつく空気からようやく解放された。ランチタイムだというのにどうしようもないほど閑散《かんさん》としていて、奥のほうに大学生らしき男女が数名いる他《ほか》は、二、三組の客が飯を食うでもなく、話をするでもなく、時間の浪費を続けていた。

　俺は「喫煙席」と言いながら、二本指を立てる。最近雇われたらしいホール担当の女が、挙動不審と言ってもなんら差し支え無いほどおどおどしながら席に案内する。化粧っ気のない地味な顔立ちと、いささか肉付きの良すぎる体型が、メイド服然とした制服とは実に相性が悪い。

「最近、どう」

　マコトは席に着くなり、そう切り出した。

「どうもこうも、ついこの間会ったばっかりじゃねえか。暇なのか」

「クソ忙しいに決まってる。だいたい、この間って先週の頭だろ？　もう十日も経《た》ってる」

「十日で最近もクソもあるかよ」

「一日あれば、世界は変わるんだよ」

「生憎《あいにく》、今俺が生きている世界は、一日二日じゃびくともしねえほど平和なんだよ」

「平和なのかそれは」

「退屈とも言う」

　マコトは、どうせいつもと同じ注文をするくせに、メニューを広げて隅々まで目を通し、コールボタンを押す。店内に間の抜けた音が響き、只今《ただいま》お伺いします、という声が遠くから聞こえた。

「退屈ってのはな、死に至る病なんだぜ」

「はあ？」

「人間は退屈すると、すぐに死ぬんだってさ」

「そうだとしたら、俺はもうとっくに死んで、灰になって、ほどよく土に還《かえ》っている」

そりゃそうだな、とマコトは笑う。運ばれてきた水を一気に飲み干すと、注文を取ろうと中途半端な姿勢で固まっている挙動不審のホールに、勢いよく「オムライスと、ドリンクバー」と告げた。

「お前、いつものでいいんだろ」

「あ、ああ」

じゃあ、グラスビールと、フライドポテトと、ナポリタン・スパゲティ大盛り。と、マコトは俺の分まで注文を入れた。ここに来る時は、昼間だろうが夜だろうが、その三品と決まっている。ごくまれに、フライドポテトがスパイシーチキンスティックに変わることもある。

「ご注文は繰り返さなくていいから」

女はきょとん、とした表情を浮かべてまごまごしだし、誰かに助けを求めるような動きを二度三度繰り返した。だが、自分に救いをもたらすものが何も無いと悟ったのか、ハイ、カシコマリマシタ、と妙に硬質なトーンで返事をし、おどおどしながらキッチンに引っ込んだ。

周りから見たら、俺たちはどういう関係に映るだろう、と、いつも思う。ドリンクバーへ飲み物を取りに行くマコトの姿は、ファミレスという空間の中では異様だった。華奢《きゃしゃ》ではあるが均整の取れた身体にタイトなスーツ、ブランド物のサングラスに、国産車一台くらいなら楽に買えるほど高価な腕時計を身につけている。それこそ、高級クラブや、セレブリティたちが集う社交場ならば何の違和感もないだろう。むしろ、その姿は好意的な視線を集めるかもしれない。だが、中途半端な地方都市の、随分郊外にある国道沿いのファミレスにおけるマコトは、おおよそ現実味の無い、異質なモノでしかなかった。俺はと言えば、汚れたスニーカーに大量生産のジーパン、襟《えり》がよれよれになったチェックのネルシャツに、ツバがよれよれになったグレーのキャスケットという小汚い出《い》で立ちだから、この空間にはこの上ないほどマッチしていた。だからこそ、向かい合っているマコトの存在は、より際立つ。

マコトは変わった。俺から見れば本質的な変化は何もないが、見た目や、仕事、アイツを取り巻く環境は激変した。少なくとも、十年ほど前までは似たような服を着て、近所に住み、同じ仕事をしていたのだ。俺もそれなりに変わったが、アイツほどではないと思っている。

「やっぱこれだろ」

外国製高級スーツ姿の男は、無邪気に笑い、緑色の液体を片手に戻ってきた。

「メロソー？」

「そそ。メロソー」

この世界に、メロンソーダより旨《うま》い飲み物が存在するのか？　とマコトは真顔で言う。

味の嗜好《しこう》は個人個人で大きく異なる、と、俺はクソ真面目《まじめ》に返答した。アイツは、甘い炭酸飲料なら大概「世界一旨い」と言う。コーラでも、メロンソーダでも、サイダーでも、なんでもいいのだ。

「少なくとも俺は、コッチがいい」

先に運ばれてきたビールを、何かを洗い流すようにぐっと流し込むと、体中の血液が一気に流れ出すような気がした。血中をアルコールが巡る感覚。ああ、生きている、と叫びたくなる。酒が苦手なマコトは、「うええ」とばかりに顔をしかめた。

「酒って、旨いか」

「お前が言うんじゃねえよ」

マコトは、ワインの輸入代行会社の社長だ。会社は八期連続大幅増益、右肩上がりの急成長企業だが、社長が下戸《げこ》とは笑えない。

どうでもいい話をぽつぽつしていると、おどおどした例のホールが、料理の載《の》ったカートを押してきた。マコトの前には昔懐かしい感じのオムライスが置かれ、テーブル中央に冷凍食品丸出しのフライドポテトが収まる。俺の前には、ボリュームのあるナポリタン・スパゲティと、よく見る市販の粉チーズ、そしてこれもまたよく見るタバスコの小瓶が置かれた。

「イタリア人はさ、パスタやピザにタバスコも粉チーズもかけねえ」

マコトは何故《なぜ》か苛立《いらだ》った様子で、ナポリタンを見ながら顔をしかめた。

「そうなのか」

「辛味は唐辛子を漬け込んだオリーブオイルをかけるし、チーズはパルミジャーノ・レッジャーノをその場ですりおろしてかける」

「へえ」

俺は半分聞き流しながら、無造作に置かれたタバスコの瓶を手に取る。マコトは妙に憤慨し、卵が硬そうなオムライスを口に運ぶ。

「俺らが生まれた頃は、ピザって言えば、アメリカンなパンピザ。スパゲティと言えば、ミートソースか、ナポリタンだった。アメリカンなケチャップまみれのな」

「そうだったな」

「タバスコや粉チーズなんてのもアメリカ製品だ。日本で売る場合どうしよう、ということが考えられた結果、ピザとかスパゲティにかけさせときゃ売れるだろう、ってくらいの安易な考えのもとに刷り込まれて、いつの間にか、ピザといえばタバスコ、という意味のわからないことが常識になってしまった」

「なるほどな」

「お前がバカなのは、一度受け入れたものを、全く疑問も持たずに受け入れ続けることだ。それが当たり前なんだ、とでも言いたげだ。全然当たり前じゃないのにさ」

「俺だけじゃないだろ」

「その内、日本にも本場イタリアからピッツァやパスタがどんどん入ってきて、本来はどういう食べ物なのか、ってのがわかってきた。タバスコやパルメザンチーズなんてもんはかけない。というかむしろ、アメリカ人だって、ピザやスパゲティにタバスコなんてかけない」

「え、そうなのか」

「なのにだ、なんでお前は未だにそれをやり続けるんだ」

なんで、と聞かれても、返答に困る。

「義務だよ、義務。知ってるだろ。もういい加減ほっとけよ」

アイツは、ここに来るたびにナポリタンの食い方にケチをつける。俺がナポリタンにタバスコをかけて食うのが義務であるのと同じく、アイツはそれにいちいち回りくどくツッコむのが義務だった。

「イタリア人は、イタリアが誇る食文化の代表格たるピッツァやパスタにだ、タバスコなんて絶対ぶっかけられたくないだろ、たぶん」

「別にどうだっていいんじゃねえか」

「よくねえだろ」

「そうか？」

「仮に、お前が寿司職人だったとしてさ」

「寿司？」

「店に来た外人が、びったびたにマヨネーズとかケチャップとかぶっかけて食ってたらどう思うんだよ」

「まあ、どうせびたびたにするなら、せめて醤油《しょうゆ》にしろと思うだろうな」

「なのに、タバスコをスパゲティにかけるとか違うだろ、と言いだすやつは、白い目で見られる。下手《へた》すると敵視される。みんな、一度決めて落ち着いてしまうと、考えることをやめちまう。どんなに事実が追っかけてきても、黙殺するんだ。そして、みんな同じことを言う」

「同じことと？」

「いまさら言ってもしょうがねえだろ、とかさ」

だが俺はマコトの主張を丸無視し、自分仕様のナポリタンを作り上げていく。粉チーズを店の人間が青ざめるほど大量に振り、降り積もった粉チーズの山の上に、オレンジ色のタバスコをこれもまた大量に振りかける。チーズの独特な臭《にお》いが強烈になり、鼻に抜ける酸味と辛味が強くなるだけだが、そうしないと気がすまないのだ。

「だからどうしようってんだ」

「つまり、このカチカチに固められた世界を動かすためには、ショックを与えないといけないわけだ」

「ふうん」

「お前、聞いてねえだろ」

「聞いてる。で、どうやってショックを与えるんだ」

「そうやってさ」

マコトが指さすのと、俺が口に含んだナポリタンを反射的に吐き出すのとがほぼ同時だった。自分でもよくわからないままに悶絶《もんぜつ》し、差し出されたメロンソーダを手に取ると、我を忘れて喉《のど》に流し込んだ。熱い、痛い、苦しい、様々な言葉が湧き出してくる。最終的に行き着いたところは、辛《かれ》ぇ、という一言だった。

マコトは涙を流しながら笑い続けている。数少ない客が、いったい何事かという表情で、俺たちを見ていた。

「お、まえ、なに……し、た」

焼けついた喉からは、思ったことの半分も言葉が出てこない。マコトは持っていたバッグから、ドクロマークのついた毒々しい小瓶を引っ張り出す。

「知ってるか、ブート・ジョロキア」

「しら、ねえ」

「世界で一番辛い唐辛子だってよ。ついこの間までは、世界一つったらハバネロだったのにな。そんでもって、もうこれより辛い唐辛子もいっぱいあるんだってよ」

一日あれば、世界は変わるんだなあ、と他人事《ひとごと》のように言うマコトへ、空になったグラスを差し出す。アイツのドッキリに引っ掛かった回数は、いったい何度目になったのだろう。マコトは高らかに笑いながら、メロンソーダを取りに行った。

かろうじて声を発することができるようになったのは、二杯目のメロンソーダを飲み干し、さらに自分用にドリンクバーを追加注文して、三杯のオレンジジュースを飲み下した後のことだった。

「ふざけんな」

大笑いするアイツに抗議の意思を伝えようと試みるが、声が続かない。口の中は焼け石を突っ込まれたように痛む。口から喉、食道を通り、胃袋に落ちるという人間の消化ルートが、はっきり熱として知覚できた。

「ちょっと待て、おか、しいだろ」

「なにがさ」

「いったい、いつ仕込んだんだ」

「なにをさ」

「この激辛ソース、だよ。おかしい、だろ。別の瓶とすり替える時間も、中身を、入れ替える時間もなかった。お前は、俺の、目の前にいて、俺は席を、動かなかった」

「そうだな」

「なんで、だ」

「タバスコかけすぎは胃に悪いからほどほどにしとけ、って天の神様が言ってんじゃねえか」

「神様、なんているかよ」

「まあ、いねえだろうな」

「じゃあ、なんでだ」

「なんでだろうな」

マコトは生返事をしつつ、視線を遠いところに向けた。つられて汗みどろの顔を同じ方向に向けると、さきほどから料理を運んでくる挙動不審の地味な女が、うっすらと笑みを浮かべてマコトに手を振っているところだった。

つまり、待ち合わせ場所で俺が不満げに「遅ぇ」と言った頃、アイツはすでにホールの女をなんらかの口車に乗せて籠絡《ろうらく》した上、店のタバスコとお手製の激辛タバスコ瓶をこっそりすり替えさせていたらしい。どうりで、女が異常におどおどしていたわけだ、と歯噛《はが》みする。

「つまりさ、このくそつまんねえ世界を動かすのは」

「なんだよ」

「ドッキリさ」

マコトの瞳は、うっすら青みを帯びた暗黒だ。その色は、何よりも深くて、透明に見える。じっと見ていると、きっと騙《だま》される。俺はその深い闇《やみ》に呑《の》み込まれないよう、アイツから無理矢理視線を逸《そ》らした。視線の先には、例の挙動不審女がいた。女は相変わらずおどおどしながら、ぺこぺこと頭を下げていた。俺にできる精一杯のおどけ顔を作って、やってくれたな、とばかりに指をさす。女はきゃっきゃと笑いながらバックヤードに引っ込んでいった。ドッキリ大成功じゃねえよ、とあきれる。

「つまり、何を言いてえんだ」

「いよいよ、作戦もクライマックスだ、ってことだよ」

俺は、はっとして視線を戻した。

「マジでか」

「マジでさ」

「作戦てのはあれか」

「そう、あれだ」

プロポーズ大作戦だ、とアイツは胸を張った。

「いよいよ動くぜ」

そう言うと、アイツはどこか聞き覚えのあるメロディを口笛で奏でた。サル、ゴリラ、チンパンジー、というあれだ。

「なんだそりゃ」

「『戦場にかける橋』。名作だぜ？　観《み》とけよ」

それはさておき、とマコトは身を乗り出してきた。

「この大作戦の決行にあたっては、今後ともお前の協力が必要だ」

「俺の」

「そう。お前の」

俺は、一口しか手をつけてもらえないまま廃棄処分を待つナポリタンを一瞥《いちべつ》した。熱を失ったナポリタンは、手をつけるのも躊躇《ためら》われるほど不味《まず》そうに見えた。恐ろしいもののように、思えた。

「何の罪も無いにもかかわらず、喉が焼けつきそうなナポリタンを食わされた俺は、お前のプロポーズなんちゃらに協力する義理はあるのか」

「それについては全力で謝る」

「知らん」

「ということで、協力してくれるのか、どうなんだ」

「言ったほうがいいのか？」

「試しに」

「協力など断る」

　なーんでだよー、と、マコトは大げさに反り返って大声を上げる。また、数人がこちらに視線を送ってきた。はた迷惑な客と思われていることは間違いない。

「理由が理解できないって言うなら、病院を紹介してやる」

「お前の協力がないと、この作戦は無理だろ」

「俺には断る権利がある」

「なんだよ、頑《かたく》なだな、おい」

「何度も言ったが、そもそも俺はこの作戦自体に反対なんだ」

「なんでだよ」

「大騒ぎになっちまうだろうが」

「大騒ぎしてもらうためにやるんだよ」

「だけどよ」

アイツがやろうとしていることは、「プロポーズ大作戦」などというタイトルほど暢《のん》気《き》ではない。俺は頭を抱えてもう一度、本気か、と聞いた。

「そういうの、流行《はや》らねえと思うぜ、いまどき」

「いいんだよ。とにかくだ、女として最高に幸せ、ってとこまで昇っていってもらわなきゃならねえ」

「最高に」

「そう、最高に」

俺は、苦々しくポテトを口に放り込む。

「な。ドカンと一発、派手にキメようぜ」

「バカじゃねえのか」

「頼むぜ、親友」

「軽く言うな。とにかく断る」

「請けるよ、お前は」

アイツは不敵に笑いながら、額面が空白の小切手とボールペンを投げて寄越した。

「なんでだ」

「お前は、協力したいんだ。でも、協力するぜって素直に言うのが恥ずかしいから、渋るフリをしてる。そうだろ？」

「知ったようなことを言うんじゃねえ」

　俺は小切手を受け取ると、イチを先頭に、ゼロを三つばかり書き込んで突き返す。

「ここはお前のおごりだからな。勿体《もったい》ねえことさせやがって。ナポリタンに謝れ」

「すまねえ、ナポリタン」

　マコトはおどけながら、冷めきったナポリタンに手を合わせた。アイツが顔を上げたのと同時に、地を這《は》うような爆音が窓の外から聞こえてきた。ファミレスの開放的な窓の外、駐車場に唸《うな》りをあげて飛び込んできたのは、一目で高級車だとわかる真っ赤なスポーツカーだった。

「リサだ」

　マコトはひきつった笑みを浮かべて俺を見た。リサ、というのはマコトが一年ほど前から交際している女だ。大手飲食店グループの社長の一人娘で、生意気にもファッションモデル、などという肩書がついている。雑誌やテレビといったメディアにも頻繁に露出しており、それなりに知名度もあるようだ。社長令嬢、セレブ、モデル、などと言えば聞こえはいいが、要するに成金社長の元でジャブジャブ金を浴びながら育った、ド級のワガママ娘だ。

「一緒に来てたのか」

「いや、来たのは別だ。あとで合流して、リサの親父の別荘に行く約束をしてる」

「そうなのか。でもなんだ」

「なんだ」

「なんでお前がここにいるってことがわかるんだ」

「偶然だろ」

「そんな都合のいい偶然があるかよ」

マコトは自分の携帯を指さす。

「これに、GPSがついてる」

「持たされてるのか」

「大丈夫、今日だけだ。往きは用事があるから一緒には行けないって言ったら、浮気防止だってさ。愛されてるだろ？」

マコトは頬をひきつらせて笑った。

「どうなんだ」

「どうってのは？」

「最近はうまくいってんのか、ってことさ」

「うんまあ、それなりにうまくはやってる。ケンカになると大変だけどな」

「相変わらずの逆ギレか」

「この間も大変だったぜ。俺が自分用に買っといたプリンが食われててさ。食っただろ、と問い詰めるわけだ。そうすると逆ギレだ。もう止まらねえ。買ってくりゃいいんだろ、だとか、食われるのが嫌なら名前を書いておけ、だとか、とにかく自分の非はどうやっても認めたくないらしい」

「プリンくらいでいちいち言うお前の器がちっさくねえか」

「それ、全く同じことを言われたな、リサにも」

「そりゃそうだ」

「俺がどれほど仕事明けのプリンを楽しみにしてるか知らねえだろ」

「知らねえよ」

そりゃあもう、大変なもんだ、とアイツは一人で頷く。

「しかし、よくそんな女と一緒にいられるな、お前は」

「逆ギレは大変だが、いいところもあるさ」

「どんなとこだよ」

「乳がでかい」

「なら仕方ない」

リサは車を降り、ミルキー・ミルキーの店内に入ってきた。おひとりさまですか、とマニュアル通りの応対をした地味店員の前を素通りしてマコトを見つけると、「マコト!」とデカい声を出しながら手を振った。客が、一斉にリサを見る。数は少ないとはいえ、店内がざわつく。

マコトの格好もファミレスには似つかわしくないが、リサもまた然《しか》りだった。緩やかに巻いたロングヘアに、顔の半分が隠れそうなブランド物のサングラス。豊かな胸元をこれでもかと強調したトップスに、脚のラインに沿うようなスキニーパンツ。こんなものを履いて運転ができるのかと言いたくなる、ラメ入りのピンヒール。声がデカい上に、着る物も派手だ。どこにいても、無駄に目立つ。

「マコト、飲みに行こう」

開口一番、リサはそう言ってマコトの手を引いた。マコトは、おい、まだ真っ昼間だぜ、と返しつつ、ちらりとこっちを見た。俺は、少しだけ残っていたビールを、急いで流し込む。

「ともだち?」

リサが値踏みするようにじろじろと見てくる。マコトが、そうだ、と答えると、リサは興味なさげに、「強そうじゃん」とだけ言った。

「はやく行こうよ」

リサは俺の存在など意に介することもなく、ぐいぐいとマコトの手を引く。やれやれ、といった体《てい》で立ち上がったマコトは、声を出さずに「悪ぃ」と唇を動かし、伝票を手にした。

「また連絡する」

「ああ、またな」

リサは、はしゃぎながらマコトの腕に絡みつき、外に引っ張っていく。俺に向けた表情とはまるで違う、はじけるような笑顔だった。

二人はリサが乗ってきた赤い車に乗り込むと、派手な重低音を響かせながら、あり得ないスピードで遠ざかっていった。今のって、モデルのＬＩＳＡですよね、と、隣のボックス席に座っていた学生が話しかけてきた。俺が、ええまあ、そうみたいっすよ、と返事をすると、学生どもはヤベエ、マジスゲエ、と大騒ぎをし始めた。

俺は一人、相変わらず運転の荒い女だ、とだけつぶやき、席を立った。振り返ると、不味そうなナポリタンが残されていた。

断片(1)

「なあ」

「ああ?　なんだよ」

「俺は、リサとどこかに行ったり、飯食ったり、他愛もない話をしたりする。キスをしたり、頭を撫《な》でたり、セックスをしたりする」

「まあ、するだろうな」

「それは、裏切りなのかな」

俺はナポリタンをほおばりながら、少し考える。

「たぶん、どうだっていいことだ、そんなことは」

捻じ曲がった秩序とコーラ

◆十三年前　十七歳

突然噴出した液体に視界を奪われた俺は、「ふわあ」とトボけた声を上げながら後ろにひっくり返り、目をしばたたかせた。空は抜けるように青いのに、上半身は大雨に打たれたようにずぶ濡れだった。手は硬直し、ぶるぶると震えている。心臓にはまた、重労働が課せられていた。

「ひっくり返るとかは、さすがにお前、やり過ぎだろ」

よく通るマコトの笑い声が、俺を正気の世界に引き戻す。高校三年も二学期に入り、何一つやることの無い俺は、同じく何一つやることの無いマコトと一緒にダラダラと下校するのが常となっていた。時間を有意義に使う、という概念を失った俺たちは、片道三十分の道のりを、たっぷり四時間かけて帰る。タイム・イズ・マネーなどと言う奴《やつ》に、この持て余した時間をなんとか売却できないものか、と真剣に考えたくなる。

そろそろ秋だというのにぎらついた太陽の下、俺たちは猛烈な喉の渇《かわ》きに耐えかね、自販機でドリンクを買うことにした。今思えば、アイツが「おごってやるよ」などと珍しいことを口にした時点で、その申し出を丁重に断るべきだった。俺が喉を鳴らして飲み下すはずだったコーラは、開栓と同時に猛烈な勢いで噴出し、四分の三ほどの内容物を俺の顔面にブチまけたらしい。コーラ缶は、買った直後とは思えない軽さになっていた。

「やり過ぎなのはお前だ」

「ふわあ、だっておい。ふわあ、つったぞ、お前」

マコトはわざとらしく笑いながら、幾度もリピートする。

「ちょっと待て、おかしいだろ、これは」

「何が」

「俺は見てた。お前は自販機でコーラを買って、まっすぐ俺のとこに持ってきた。コーラを手に持ったままだ。俺はそれをそのまま受け取って、そのまま開けた。つまり、お前がコーラの缶を振る時間は無かった」

「そうだな」

「どういうことだ」

「どういうことだろうな」

マコトがまた例の笑みを浮かべながら、俺の隣を指さす。前髪を頭の上で結わえた制服姿の女子高生が、頬がつりそうなほど満面の笑みを浮かべつつ、得意げにコーラ缶をちらつかせていた。

「ヨッチか」

＊　＊　＊

ヨッチが転校してきたのは、小学校五年の二学期途中のことだった。

完全なるシーズンオフに突如降ってきた転校生に、教室は色めき立っていた。俺は独りで後方のロッカーに腰掛け、本当は持ち込みが禁止されている携帯ラジオのイヤホンを耳に突っ込みながら、浮かない顔で暢気な連中を眺めていた。マコトは教室の備品であるクソでかい三角定規をもてあそびつつ、怪訝《けげん》そうに俺の元へと近づいてきた。

「どうよ」

「どうよって」

「転校生」

「どうもこうもねえだろう」

「なんだよ、ノリわりいな」

「別に、そんなことねえよ」

「そんなことあるよ」

マコトは、よっ、と一声発して自分の肩ほどの高さがあるロッカーに飛び乗り、隣に腰掛けた。同時に、俺の耳からイヤホンを引っこ抜く。

「おまえは、いつもこういうときノリがわりい」

アイツの罵詈雑言《ばりぞうごん》を聞きたくない俺は、言葉を被《かぶ》せるように、とっておきの特ダネを披露《ひろう》する。

「おれ、みたぜ」

「転校生？」

「そう。朝ね」

俺は無駄に朝が早い。いつも通り、ほとんど一番乗りに近い時間に校舎に入ると、見慣れない女子と保護者らしき女、そして教頭が職員用玄関に立っていた。転校生が来ることは知っていたので、ああ、あれがそうか、とすぐに思い至った。保護者らしき女は、教頭と同じくらいの歳《とし》か、それ以上に見えた。母親にしては歳がいきすぎだな、と思った。

俺が下駄箱から上履きを引っ張り出しながらぼんやりと見ていると、転校生と目があった。澄んでいるのに底が見えない目。どこかで見たことがある目だった。

「どんなやつ？」

「背はそんなに高くない。かわいくはないけど、ブスでもない。やたらほそい」

「そんなこと聞いてねえよ」

「そんなくらいしかわかんねえよ」

話したわけじゃねえし。と首を横に振ると、マコトはうーん、と唸った。

「いまごろ転校してくるってさ、わけありだろ、ぜったい」

「そうだろうな」

「おまえがテンションひくいのはさ、そのせいだろ」

鋭い、と俺は笑った。

「なんか気になるようなことがあったのかよ」

「まあ、ね」

今朝の光景が、脳内でビデオ映像のように再生される。

「すげえ金髪だったんだ」

「金髪？　ガイジン？」

「そうじゃねえって。そめてんだよ、きっと」

「なるほど、ロックだな」

そりゃ、クソ田《だ》が喜ぶな、とマコトは苦々しい笑みを浮かべた。

クソ田、というのは、当時俺たちの担任だった教師で、歳は三十半ば、本当は「楠《くす》田《だ》」という名前だった。クソ田は偏狂と言ってもいいほど完璧《かんぺき》主義の女で、山猿のような俺らを真人間にせねばならないという義務感と、担任としてクラスをまとめ、問題を起こさないという公務員としての責務に異常なまでの執着を持っていた。性格なのか、それとも他に理由があったのかはわからないが、とにかく陰湿で粘着質で、気味が悪かった。

クソ田は秩序を好み、無秩序には病的なまでの拒否反応を示した。机は黒板に向かって整然と並んでいなければならず、授業中は一言たりとも私語はできず、遅刻や宿題忘れは、いかなる理由があろうとも許されなかった。言葉にすると当然のようだが、普通なら、ある程度の余裕やあそびがある。だが、クソ田の場合は、寛容や許容とは無縁だった。テストの点が下がった奴、給食のおかずをこぼした奴、教科書を家に忘れた奴、そういった小さな失敗を犯した人間がよく標的になった。

放課後に居残りを強要し、教室に一人児童を残す。席に着かせ、後ろから肩に手を置く。机の上に、A4サイズの紙を置き、極力小さな文字で、びっしりと反省文を書かせる。その間、「なんでそうなの」「どうしてできないの」と責め続け、真綿で首を絞めるように人格を否定する。これを何度かやられれば、大概の奴は心を折られて、反抗する気も失《う》せる。牙《きば》をもがれておとなしくなった児童を見て、大人たちは、成長した、いい子だ、と言うのだからどうしようもない。ついには、やけを起こして正面から「お前なんか先生じゃない、クソだ！」と叫び散らす奴もいた。その胸を打つ名言から「クソ田」という蔑称《べっしょう》が生まれたわけだが、残念なことにその勇者は、いろいろ溜《た》まったものをこじらせて転校してしまった。

何人かが他の教師や親に実情を告発しようと試みたものの、必ず失敗に終わった。クソ田は、その異常性をカモフラージュすることにかけては天才的だったからだ。どの教師も保護者も、告発者を信じようとしなかった。終《しま》いには、有能な教師、よい先生、という言葉が飛び出してきて、俺たちをいたく失望させた。

このクラスで、クソ田の圧政に辛うじて反抗していたのはマコトくらいだった。反抗といっても、アイツは何を言われてもたいして堪えない上に、居残れと言われても平然と帰るような奴だったので、「御し難い子供」として逆に敬遠されていただけに過ぎない。

俺はと言えば、なるべくクソ田と関わり合いにならないよう、クラスの端でできるかぎり存在を消していた。図体はでかいが、おとなしくて従順な児童、というポジションに収まることで難を逃れようとしたのだ。だが、そんな努力もむなしく、マコトのとばっちりを受けて、すっかり同列の扱いを受けていた。

そんな状況であるから、当然、小学生のクセに金髪頭の女子など、クソ田ハラスメントの標的にされることは請け合いで、平穏を愛する俺は、来たるべき嵐の予感を前に、著しく気が滅入《めい》っていた。

「あとさ」

「うん？」

「そいつ、おれたちとおんなじかもしれねえぜ」

「おなじ？」

「ついてきてたのは、たぶん親じゃない」

そうか。と、マコトは一言つぶやいた。

ほどなくして、朝のホームルームが開始され、俺たちの視線を一身に浴びる中、転校生は教室に入ってきた。教室のドアを抜け、その見事すぎる金髪が現れた瞬間のざわついた空気をよく覚えている。壇上《だんじよう》に上がったヨッチは、細くて小さく、とってつけたような金髪を頭に載せて、見えない何かに押しつぶされているのかと思うほど深くうつむいていた。バサバサの前髪の隙間《すきま》から見える顔には、憎悪だとか、恐怖、絶望、そういった種々のものでぐちゃぐちゃにされて、刃物の切っ先のように鋭く、細く、脆《もろ》くなった表情が浮かんでいた。これほどランドセルが似合わない奴も珍しいな、と俺は思った。

クソ田に促されたヨッチは、壇上で「よろしくおねがいします」とだけこぼして、そそくさと引っ込もうとした。だが、クソ田はヨッチの左腕を摑《つか》むと、無理矢理引っ張り戻す。いつものように背中側に回ると、肩に手を置き、「もう一度、元気良く」と、薄い笑みを浮かべた。ヨッチは先ほどよりは、気持ち大きめの声で、よろしくおねがいします、と言った。

「全然ダメ」

クソ田は、「ぜ、ん、ぜ、ん」のところに重いアクセントを置いて、ヨッチを斬《き》って捨てた。どす黒い腹の中身が透けて見えるような粘着質の声が、教室の空気を一変させた。俺はマコトを見て、ほら始まった、というアイコンタクトを送る。

「もっと、みんなの方をよく見て、元気いっぱいに、挨拶しなさい」

なんとも言えない湿った空気を察したのか、ヨッチは顔色を変えた。

「お名前と、どこから来たのかと、好きなもの、くらい言ってね」

ヨッチは、何も答えなかった。何かを言おうと、口をぱくぱくと動かすのだが、声にならない。肩や手が、絶えずふるふると震えていた。自分に集まる視線から逃れようとあえいでいるように見えた。

「どうしたの。はやくなさい」

そのぬちゃぬちゃとした嫌な空気は、俺をどうしようもなく苛立たせた。他の奴らはどうだろうか、と、周りを見渡す。みな、なんとも言えない表情で、一様に凍り付いていた。俺はクソ田の目を盗んで、一列横のマコトにすり寄った。

「もう一度。さあ。あなたのためなのよ。みんなに仲良くしてもらえなくなるわよ」

クソ田は、悪寒が走るほどねじくれた笑みを浮かべて、ヨッチの耳元で何か囁《ささや》いた。

他の奴らが気づいたかどうかはわからないが、俺は、唇の動きでクソ田が何を言ったのかを見て取った。

（また、イジメられるわよ）

ヨッチはふっと顔を上げ、クソ田を見上げた。目には、うっすらと涙が浮かんでいた。

そのまま、ヨッチは完全に口を閉ざし、何も言おうとしなくなった。クソ田は、背後から執拗《しつよう》に声をかけ続けていた。

「しっかり挨拶できるまで、席に着いてはいけません」

「あなたのせいで、ホームルームが終わらない」

「みんなの授業が遅れるのよ。迷惑かけるの？」

「このまま一日、黙っているつもり？」

後ろから言葉という刃物で切り付けられたヨッチは、それでも口を結んで耐えていた。

やがて、痛みに耐えかねたのか、また顔を上げた。ぼさぼさの前髪から覗《のぞ》いた右目が、まっすぐに俺を見た。ほんの一瞬だったが、助けて、という声が聞こえた気がした。

「おい」

マコトの耳元で、クソ田に気づかれないように囁く。

「助けよう」

マコトは少し思案するように顔を上げると、腰をかがめ、教科書以外のあらゆるものが詰まったランドセルから、赤いアルミ缶を取り出した。鮮やかな赤色の中に、流れるような白文字で、Ｃｏｌａと書かれたそれを、しゃがんだまま一心不乱に振りだす。俺はマコトの席にそろりと移動して、クソ田の視界に入らないようブロックする。

「どけ」

後ろから、マコトの声がした。俺がさっと横によけると、いきなり自分の机の上に飛び上がり、おい！　転校生！　と叫ぶ。クラス中が不意を突かれて、マコトを見た。ヨッチも、驚いたような表情でマコトを見た。

「喉渇いてて声が出ないんだろ！」

プレゼント！　と言いながら、マコトはコーラ缶をヨッチに向かって放り投げた。ヨッチがとっさに手を伸ばして、それなりに重量のある缶をキャッチした。

「澤田《さわだ》君！　なにしてるの！」

クソ田のヒステリックな声が教室に響く。

「開けろ！」

マコトは手で缶を持つようなアクションをしながら、叫ぶ。ヨッチは、何かを悟ったように、缶コーラのプルトップに指をかけた。存分に振られたコーラが勢いよく噴き出し、斜め後ろに陣取っていたクソ田の顔面を捉えた。クソ田が、思いのほか女性らしい悲鳴を上げて尻餅をつく。ヨッチもコーラの勢いに驚いて、缶を取り落とした。その瞬間、クラス中からどっと笑いが巻き起こった。

「澤田マコト！」

噴き出したコーラで、白いブラウスをぐちゃぐちゃにされたクソ田は、悪鬼のような表情を浮かべてマコトの元に駆け寄ってきた。マコトはあざ笑うかのようにクソ田の横をかいくぐり、廊下に逃げる。ほどなくして、アイツは騒ぎを聞きつけた隣のクラスの教師に取り押さえられ、職員室へと連行されていった。クソ田は屈辱にまみれながら黒板に「自習」と大書し、砂糖水でべたべたになった顔を洗うべく、教室を後にした。取り残されたヨッチの周りにわっと人が集まり、ヨッチは一躍ヒロインとして迎え入れられることとなった。女子たちが席へ案内する途中、ヨッチの視線がこっちに向いた。俺は、ニヤッと笑って、それに応えた。

マコトはそのまま、丸一日教室には帰ってこなかった。どうやら職員室で立たされたまま、校長から教頭、学年主任と、オールスターズにこってりと絞られたらしい。その日携帯していたドッキリグッズを全《すべ》て没収された我らがドッキリストは、日が傾く頃、ようやく釈放された。

ヨッチと俺は放課後、マコトが校舎から出てくるまでの数時間、校庭の片隅にあるブランコに座ったまま、何を話すでもなくただアイツを待っていた。辺りがだんだん暗くなり、児童の姿が消え、街灯の明かりが点灯すると、見慣れた校庭が、なんだか別の世界に見えた。

「おまえ、帰れば」

「だって、あんただって、帰んないじゃん」

「おれはまあ、いっつもアイツと帰ってるからな」

「じゃあ、帰らないよ」

「なんだよ、じゃあって」

「あたしも、これから毎日あんたたちと帰るもん」

「勝手に決めんなよ」

「じゃあ、今決定。いいでしょ。反対の人、挙手」

挙げようとした俺の手を、ヨッチはばしばしとひっぱたきながら無理矢理おろさせた。

「なんなのよ、いいじゃん」

「だって、おまえ、女じゃねえか」

「女だとなにがわるいのよ」

「おれたちについてこれねえだろ」

「なんでよ」

「おまえ、ザリ川とかわたれねえだろ」

ザリ川というのは、下校途中にある小川の名前だ。ザリガニがうじゃうじゃ獲《と》れるから、そう呼ばれていた。

「なんで川なんてわたるのよ」

「おれたちの帰り道なんだよ。橋わたるより近道なんだよ」

わざわざ川に入る意味がわからない、とヨッチは憤慨する。

「あとさ、おまえ、カタボールとれんのかよ」

これ、と言って「カタボール」と呼ばれていた野球の硬球をランドセルから取り出す。

他の連中は「ヤワボール」と呼ばれる軟球を使ったキャッチボールが主だったが、俺たちは硬球でキャッチボールすることを常としていた。振りかぶった姿勢から、風を切って飛んでくる硬球を素手でキャッチするのは、正直言って痛い。だが、「カタボール」を使うことは、俺たちにとって大人の証《あかし》であり、誇りであったのだ。

「こんなのとれるわけないじゃん。痛いし」

「なんだよ、なんにもできねえな」

「そんなことないよ」

「じゃあ、なにができんだよ」

「掃除なら」

「そんなもんなんの役に立つんだよ」

程度の低い罵《のの》りあいをひとしきり終えると、またしばらく沈黙が続いた。ヨッチは、口を尖《とが》らせながら、ブランコをこいでいた。

「名前、なんだっけ、あいつ」

「アイツはマコト。おれは……」

「あんたの名前は聞いてない」

あっそう、と俺は口を尖らせた。

「あいつも、親がいないって聞いた」

「誰からだよ」

「あのババア」

クソ田か、と俺はため息をついた。

「も、ってことは、おまえもか」

ヨッチは、不機嫌そうな表情のままこくんと頷いた。

「おれもだ」

「そうなの？」

「まあな」

「うそくさい」

「なんでだよ」

「なんとなく」

「感じわるい女」

俺は、足元に転がっていた小石を拾い上げ、軽く放った。こつん、という音がして、小石はヨッチの頭にヒットした。

「いてっ」

ふん、と鼻で笑う俺に、ヨッチは右手いっぱいに砂を握り締めて応戦してきた。やがて本気の砂合戦を始めた俺たちの前に、いつの間にかあきれ顔のマコトが立っていた。

「元気だな、おまえら」

そう言いながら、マコトはヨッチに向かって親指を立てた。ヨッチも砂で真っ白になった髪をはたきながら、親指を立てた。俺も、砂でじゃりじゃりする口から唾《つば》を吐き捨てながら、親指を立てた。全員が同じポーズをとるところが変に面白かったのか、ヨッチは急に笑いだした。笑うと、頬がつるのではないかと思うほど口が広がり、派手なえくぼができる。思ったよりも、子供らしい笑い方だった。

なんだ、結構笑うんじゃねえか、とマコトが言うと、うるさい、とかわいげのない返事をしつつ、何故か俺の尻を蹴《け》った。

＊　＊　＊

「共犯は卑怯《ひきょう》だ」

　噴き出したコーラをまともに浴びた俺は、鼻の頭から褐色の液体を滴らせ、ヨッチを指さした。指さされた本人は、人様をハメておきながら、何の遠慮もなく腹を抱えて笑い転げている。もうすぐ高校も卒業だというのに、笑い方は小学校の頃と変わらない。喉がつったのか、声にならない声で、ごめん、と言うものの、笑いは止まらなかった。

「どうやったんだ」

「どうやったんだろうな」

　もう一度、先ほどの一部始終を頭に思い浮かべてみる。マコトが、俺に向かって「コーラでいい？」と聞く。ああ、コーラでいい、と返事をして、アイツが買いに行く。俺は、また何か仕掛けられはしないかと、アイツの背中を注視する。おそらく、その間にヨッチは脇の自販機で別のコーラを買い、俺からは見えない位置で思いっきり缶を振る。マコトがこちらに近づき、あと一歩の距離になった時、横から近づいてきたヨッチに呼ばれて、一瞬目を逸らした。この時、存分にシェイクされて手榴弾《しゅりゅうだん》のようになったコーラ缶が、迅速かつ正確な動きでヨッチからマコトに渡ってすり替えられ、最終的に可《か》哀想《わいそう》な俺の手に収まったというわけだ。マコトが買ったコーラは、ヨッチの小さな手で実におとなしく開栓された。

「ほんと、こういうのダメだよねー」

ヨッチがあきれた様子で俺を見る。自分の顔が見る間に紅潮していくのを感じた。

「マコトがドッキリストなら、キダちゃんはビビリストだよね」

キダちゃん、というのは俺のことだ。

「ビビリスト」

「あたし的にはさ、フタ開けた瞬間、その場に立ち尽くしたままコーラをぶっしゅわ、と浴びるキダちゃんを想像してたんだけど、まさかの後方回転だもん」

「ふわあ、って言いながらな！」

マコトの笑い声が、徐々に俺の脇腹に刺さりだす。

「うるせえ」

「キダちゃんのビビリ症はなんとかしないとダメだねー。重症だ」

「しょうがねえじゃねえか」

「だって、デートで遊園地とか行ってさ、オバケ屋敷入ろう！　とか、彼女に言われたらどうするの」

「俺は、死んでもオバケ屋敷なんか行かねえ」

「だってオバケ屋敷ってさ、遊園地デートにおける、男子の晴れ舞台みたいなとこあるじゃない。こわいよー、腕にぎゅー、俺が守ってやるから安心しろ。とか言われて、女子胸キュン、みたいなさ。オバケ出てきて、彼氏が後方回転なんかしたら、彼女がっかりだよ」

「じゃあ、俺は一生遊園地になんか行かねえ」

「彼女に行きたいって言われても？」

「じゃあ、俺は一生彼女を作らねえ」

「もー、筋金入りだね！　こんなにガタイいいのにさ」

身長百八十三センチ、体重八十キロ。成長期を運動に費やして完成された俺の体は、マコトに比べて三回り半は大きく見える。だが、体格と肝の大きさは比例しないらしい。胆力という点では、細小さいマコトにも、さらに小さいヨッチにも遠く及ばない。ヨッチは無邪気に俺の二の腕を叩きながら、ムキムキのカッチカチじゃん！　とはしゃいだ。

「自分でもどうしようもねえんだから、しょうがねえだろう」

「だってさあ、こんなにビビリ症だと、将来苦労するよ。あたしは心配してんだからさ。これは愛だよ、キダちゃん」

余計なお世話だ、と言いたいところだったが、愛だ、と言われると反論しにくい。

「ね。だから、リハビリだと思ってさ」

ヨッチはスポーツタオルを差し出し、ビタビタになったままの顔に押し付けてくる。タオルは、太陽の匂いと一緒にヨッチの匂いがほんの少しだけ香っていた。ドッキリの詫《わ》びとしてちゃんとコーラを拭《ふ》き取ってくれるのかと思っていると、タオル越しに俺の顔面をガッチリ摑んだヨッチの手が、やっぱり笑いを堪《こら》えきれません、とでも言いたげに、くっくっく、と震える。俺はタオルをひったくると、自分で拭くことにした。マコトに残された唯一の良心は、砂糖不使用のコーラを使った、という点だ。砂糖が入っていると、乾いたタオルでは到底太刀打ちできない。

「もう、お前はさ、ビビリ症を活《い》かす職業を探したほうがいいんじゃねえか」

「そんな仕事があるかよ」

「ねえけどさ」

マコトは自分で振っておいて、無責任に言葉を放り捨てた。

「ねえのかよ」

「傭兵《ようへい》とかどうよ」

「傭兵？　戦争のとき金で雇われるやつか？」

「ビビるってことはさ、臆病《おくびょう》だ、ってことだ。臆病だってことは、警戒心が強いってことだ。そうだろ？」

「まあ、そうなのか」

「野生動物なんかは警戒心が強い。あいつら常に生きるか死ぬか、って環境にいるわけだからさ。牙が鋭かろうが、爪《つめ》が長かろうが、みんなビビり症なんだ。無駄にビビってても、ビビり損とは絶対に言わない。生き残るためには、敏感にビビらなきゃいけないからな」

「つまり?」

「お前はきっと、命のやり取りをする職業が向いてる。命のやり取りって言ったら、プロの傭兵しかねえだろ」

「しかねえだろ、って言われてもな。職業って言えるか、そんなもん」

「殺し屋、って手もあるよ」

だからそんなもん職業って言わねえだろ、という俺の言葉は完全に無視された。ヨッチは何故か、殺し屋になろう、殺し屋！　と連呼し、意味もなく俺の尻を蹴った。

「でもさー、警戒心が強いわりに、マコトのドッキリにはしょっちゅう引っ掛かってるよね」

「そうだな、警戒はしてるのにな。どうしてだ、お前」

知るか、と俺は吐き捨てた。

断片(2)

三塁側、内野席上に立ち上がり、赤いメガホンを二つガンガン叩きながら、「ピッチャービビってる！」「ホームラン打て、ホームラン！」などと叫びまくる、制服姿の女子高生の姿は異様だった。たった一人、雨の中でずぶ濡れになりながら、ほぼ勝敗の決まった今でも応援を続けている。スコアボードには、七対〇と表示されていた。

「ねえ、あんたの彼女？　あれ。すげえな」

相手チームのキャッチャーが、薄笑いを浮かべながら話しかけてきた。

「いや、違う」

「おたく、男子校でしょ？　友達？」

「幼馴染みだ」

「さすがに恥ずかしいでしょ、なあ」

「なんでだ」

「なんでって、バカみたいじゃん」

「全然バカみたいでは無いし、恥ずかしくなど無い」

ピッチャーがモーションに入って、内角をえぐる速球が飛んでくる。肘《ひじ》をたたみ、体をひねって逆方向に弾《はじ》き返す。

きん、と小気味よい音と共に高く舞い上がったボールは、風に押されてわずかにスタンドへは届かなかった。外野フェンスを直撃し、転がる。

俺は持てる力のすべてを出してぬかるんだ土を蹴り、泥まみれになりながらも、三塁にヘッドスライディングを決めた。ボールはゆっくりと外野から返球されてきた。

だが、次の打者は二球目をあっさりと打ち上げ、ピッチャーフライに終わった。ゲームセット、の声がかかり、俺は三塁から戻る。俺の三年間は、地方予選二回戦で終わった。

顔を上げると、溢れ出す涙を制服の袖《そで》で必死に拭《ぬぐ》いながら、それでも笑顔で、「よくやったよ！」「胸を張れ！」などと声援を送ってくる、ずぶ濡れのヨッチが見えた。

憂鬱な雨と不法侵入

◆七年前　二十四歳

　壁掛けの古めかしい時計が、零時を知らせる重苦しい音を発したのは、十五分ほど前だっただろうか。

　俺は暗がりの中で、行儀悪くリビングのテーブルに腰掛けていた。外からは、絶えず降り注ぐ雨音が聞こえていた。少し濡れた衣服が不快だった。

　偽造したカードキーを使ってエントランスのゲートを開け、誰にも見られぬよう、するりと目的の部屋に滑り込む。こういった不法行為も、三年続けていれば随分慣れるものだ。

「殺し屋、ねえ」

　笑えるな、と、独り言を漏らす。いや、笑えねえのか、と思ったとき、部屋が光で溢れた。目を閉じ、二度三度まばたきを繰り返して、明るさに慣れさせる。闇の中で開ききった瞳孔を、無理矢理絞る。

「おかえり」

せっかく優しく声をかけたというのに、男は言葉を失ったままだった。

「だ、誰だ、お前は」

「マキシマム・フード・サービスの、佐々木《ささき》さんだね」

佐々木は様子を窺《うかが》いながら、おそるおそる手に持っていたバッグをソファの上に置いた。髪の毛やヒゲに多少の白髪《しらが》は混じっているが、格好は若々しい。念入りに焼いた肌に、黒い革のジャケットは、いかにも飲食店経営者、という印象だった。唇が薄く、狡《こう》猾《かつ》そうに見えた。

「どうやって入った」

佐々木は明らかに動揺していたが、気丈にも言葉を返してきた。だが、本心ではビビっているに違いない。

「本当は、外で待とうと思っていたんだけど、雨が降っていただろ」

「雨、あ、め？」

「悪いとは思ったんだけど、中で待たせてもらうことにした」

「何を言ってるんだ」

「高そうな絨毯《じゅうたん》を汚しちゃって、すまないな」

俺が立ち上がると、佐々木は慌てた様子で後退し、足がもつれ、ふわあ、と言いながら尻餅をついた。

「わかるよ。俺もさ、普通に自宅に帰ってきて、居間にガタイのいい黒装束の男がいきなりいたら、ビビって腰が抜けるよ。ふわあ、っつってな」

実際にそんなことがあったらどうすべきか、と想像して、身震いする。

「強盗か」

「そんなんじゃない。金はいらない」

「命か」

「別に殺したいわけじゃない」

「じゃあ、いったい何が望みだ」

「それはおいおい説明する」

「お前、どこのもんだ」

佐々木は床に座り込んだまま、喉をなんとかこじ開けて、無理矢理言葉をひねり出していた。黙っていたら殺される、何か交渉の糸口を見つけなければ、と思っているのだろうな、と推測する。俺が逆の立場だったら、きっとそう考えるだろう。

「一応、フリーでやらせてもらっている」

「俺に何かしてみろ、それなりにでかい組織を敵に回すことになるぞ」

「うんまあ、そうだろうな」

「ナメてんだろ、てめえ」

「そんなことはない。指定暴力団の構成員なんか呼ばれたら、恐ろしさのあまり失神しそうだ」

「山崎《やまざき》に頼まれたのか？」

「山崎？」

「じゃあ、柴田《しばた》か。お前、柴田のところの後藤《ごとう》ってやつだな？」

俺は堪えきれなくなって笑う。

「敵が多いんだな、あんた」

佐々木は反応の薄い俺を見て、目を丸くした。

「俺はキダだ。お城の城に、田んぼの田と書いて、キダって読むんだ。シロタじゃなくね」

一切の動揺を見せることなく本名を伝えると、床についた佐々木の手がガタガタと震え、足は緊張してぴんと伸びる。

「殺すのか、俺を。殺すんだな」

もし、俺の前に得体の知れない男が現れて名乗ったとしたら、当たり障りのない偽名を使われるよりも、何のてらいも無く本名を明かされたほうが、数段ビビるに違いない。

だから、俺はそうする。佐々木の顔色から、心臓の鼓動が速くなっているのがわかる。どうやら、本名を知らされた以上、間違いなく殺されると思っているらしい。生きてる、って感じ、するだろ？　と、意地悪く聞いてみたくなった。

「俺はね、殺し屋じゃない。交渉屋だ」

「交渉屋？」

「普通、交渉ってのはお互いWIN・WINの関係を作ることを第一とするんだけど、そうもいかない場合ってのがあるだろ。どう考えても相手に不利益になるようなことをお願いしなきゃいけない、とか。そういう場合は、基本的に力のある側《がわ》が相手をねじ伏せるわけだ。でも、交渉元と交渉先の力が拮抗《きっこう》しているとか、そもそも武力やカードを持ち合わせていないだとか、そういう場合でも、どうにか無理な交渉をしなけりゃいけないってこともある」

佐々木は、必死で脳を働かせているのか、目をしきりに泳がせている。

「さあ、どうしよう、ってなったら、交渉屋の出番。つまり、クライアントから預かった無理なお願いを、なんとか聞いてくださいよ、お願いしますよ、と相手に交渉するのが、俺の仕事」

「そんな、平和な話じゃ、ないだろう」

「そんな平和な話じゃあないね。見ての通り、とっても非合法なやり方で交渉する」

そんなもの、仕事と言えるか、と佐々木は吐き捨てた。大いに頷きながら、俺もそう思うよ、と返した。

「そんなのは交渉じゃない、脅迫だ」

そうだな、俺もそう思う。と、二度同じ言葉を返す。

「脅迫と取られても別に構わないんだ。とりあえず、クライアントの意向を伝えて、納得してもらえればそれでいい」

「嫌だと言ったら？」

「困る」

「殺すのか」

「殺すかどうかも視野に入れて交渉しなければいけなくなる」

佐々木の喉が、ごくりと動いた。おそらく、飲み込むべき唾は湧いていないだろう。

「な、何が目的だ」

「すごく簡単なことだ。今回は気が楽なんだ」

「なんだ」

「あんた、今、付き合っている女がいるだろ？」

佐々木の目がくるくる回りだす。どの女のことだ、と思案しているように見えた。

「あの派手な女だよ。そして、結婚も考えている」

「あ、ああ」

「その女と、別れてくれればそれでいい」

「なんだって」

「あんた、あの女と結婚するって言ってるけど、どっちかっていうと、親父《おやじ》の会社目当てだろ？　もしくは、芸能人連れまわして気分がいいとか、そういうさ。そんな愛の無い結婚はするもんじゃねえよ。二十も下の小娘に振り回されるような人生、楽しいか？」

意表を突かれたのか、佐々木は酸欠になった金魚のように口をぱくぱくと動かしていた。過呼吸でも起こされたら面倒だな、と思い、少し追い込むのをやめて、間《ま》を作る。

「だ、誰に頼まれたんだ」

「俺が言うと思って聞いてるか？」

佐々木は力なく首を横に振った。

「どうする、別れてくれる？」

「嫌だ、と言ったら、どうするんだ」

「困る」

俺はバッグから冷たい拳銃《けんじゆう》を取り出すと、佐々木に近寄り、眉間《みけん》にぴたりと銃口を突きつけた。先端に筒状のサプレッサーを装着した、暗殺用の拳銃だ。連射はできない上、威力の出ない弾を使用するので使い道を選ぶが、屋内でもそれほど音を気にせずに発砲できる。テレビドラマなんかでは平気で銃をぶっ放すが、密閉空間で発砲すると、結構な音が出るのだ。

「できれば使いたくないんだ、こういうものは」

「は、ハッタリだ」

　俺は何のためらいもなく、手首を少し返して引き金を引く。ぱすん、とも、ぱしゅん、とも聞こえるくぐもった発射音がして、銃口から弾丸が飛び出した。弾丸は佐々木の耳元をかすめて、床にめりこむ。発射音はしょぼいが、人一人の頭を貫通するくらいの威力は当然ある。

「俺は、ハッタリとかツヨガリとか、そういうのは嫌いだ」

　あとは、ドッキリもな、と心の中で追加する。

「佐々木さんさ」

　佐々木は床に撃ち込まれた銃弾を横目で確認して、息を荒げた。

「俺は、基本的に人殺しってのは好きじゃない。できれば、じっくり話をして、理解してもらって、快く交渉に応じてもらいたいと思ってる」

「快く」

「こちらの条件としては、一週間以内に女と別れること。その際に、俺やクライアントの依頼があったことについては口外しないこと。以上だ。どうする？」

佐々木は、目を見開いたまま頷いた。

「別れたら、わかるようになってる。約束を守ってくれれば、今後こちらからは一切コンタクトを取ったりはしない」

「約束を、守らなかった場合は、どうなる」

「そのパターン、考える？」

佐々木は観念したように首を振った。

「まあね、無理を言っておいてあれだが、あの女はおすすめしないよ、俺は」

胸はでかいけどな、と言うと、佐々木は動揺しているのか、激しく頷いた。

「じゃあ、頼むよ。佐々木さん。もう会わないことを願っている」

あんたが三ヶ月前から密《ひそ》かに囲っている地味めのあの子なら、結婚するにはいいと思うぜ。と最後に付け加えると、佐々木は大きな目をいっぱいに見開いて、呻《うめ》き声を上げた。どうやら無事に交渉は成立したな、と俺は判断し、腰を抜かした佐々木の横を抜けて外に出た。

やんでいることを少し期待していたのだが、雨は弱まることなく降り続いていた。ジャケットのフードを被ると、小走りで駆け出す。こんなに寒い日なのに、何故だか無性にコーラが飲みたかった。

断片(3)

コンビニに入ると、生気の無い若者が間延びした声で、いらっしゃいませー、と形ばかりの挨拶をしてきた。入口からすぐ左手には雑誌コーナーがあり、髪の毛がボサボサで上下スウェット姿の中年男性と、エナメルのスポーツバッグを背負った高校生が、立ち読みに勤《いそ》しんでいた。

俺は二人の間に入って、今日発売の写真週刊誌を手に取り、ぱらぱらとめくる。トップ記事は、大物政治家の不倫スキャンダルで、次に、人気モデルが実業家と破局した、というネタが写真つきで取り上げられていた。派手な格好の人気モデルとやらは、赤いスポーツカーから降りようとしているところにカメラを向けられて、ひどく不機嫌そうだった。

俺は記事を確認すると、ポケットから携帯を取り出してマコトに電話をかけた。三回ほどコール音が鳴り、おう、というアイツの声が聞こえる。

「今、大丈夫か」

「ああ、大丈夫だ。どうかしたか」

「依頼の件、完了した」

「リサの件か」

「無事に別れたよ」

「あのさ」

「うん？」

「どうやって確認するんだ、そういうの」

俺は、別れたら、わかるようになってるんだ、と答えた。

赤い傷痕とチキン・レース

◆十年前　二十歳

その日は、風が強い、とにかく寒い日だった。十年も前のことだが、よく覚えている。作業場にはデカいヒーターが三基ほど設置されていたが、入口がどかんと開いているものだから、あまり意味をなさない。金具を床に転がす音、塗料を噴霧する音。そういった無機質な音の中で、FMラジオだけが陽気に騒いでいた。やたらとテンションの高いディスクジョッキーの声が耳にうるさい。俺は、寒さでかじかむ手で使い捨てカイロをもみながら、そろそろばかでかい隕石《いんせき》でも降って来てくれたらいい、と思っていた。

表には、「AUTO《オート》　SHOP《ショップ》　JIM《ジム》」という真新しい看板が出ている。もともとは、錆《さ》びてよく見えない「有限会社宮沢板金塗装《みやざわばんきんとそう》」というトタンの看板が出ていたのだが、半年ほど前にマコトの提案で新調した。鮮やかな青地と、黄色の文字はよく目立った。特にそれで客が増えたということもなかったが。

静かで、空気の重い作業場から外に出てみると、吹き付けてくる風に思わず震える。頭上では、どことなく生気を失った看板が遠くを見ていた。一日あれば、世界は変わる。俺は誰に言うでもなく、白い息を吐いた。

＊　＊　＊

半年前、真夏の日差しが照りつける中、小さなユニック車のアームが真新しい看板を吊《つ》り上げる様子を、アイツは妙に誇らしげな表情で見ていた。口元が緩みそうになるのを抑えているのが丸わかりだ。雨風にさらされて真っ黒になった旧看板を下ろし、新しい看板が掲げられると、どうよ、いいだろこれ、とマコトは胸を張った。

作業が完了したと聞いて、社長以下全員が表に出てきた。青空に挑みかかるように鮮明な青色が、黄色い文字を美しく引き立てている。社長も、いいなあ、これ、とまんざらでもなさそうに笑った。

マコトが看板のデザイン変更などと言い出したのは、アイツが二十歳になる誕生日のことだった。この仕事で食っていくのだと決めたからには、何かしらの決意を行動で示そうと、無い頭を絞って考えたに違いない。アイツの考えは、看板を変えれば日立って客が増えるんじゃないか、という実に底の浅いものだった。ちなみに、ＪＩＭの客の大半は保険屋からの紹介だったから、正直言って看板にあまり意味は無かった。

急な提案に社長も驚いていたが、「それも悪くねえな」と、二つ返事で了承してくれた。ヨチヨチ歩きの赤ん坊が、自分の足で立とうとするところを目の当たりにする父親の心境だったのかもしれない。それから一週間ほどで、新しい看板は出来上がった。

「なあ」

「ん？」

「前から気になってはいたが、なんでＪＩＭなんだ？」

看板を新調するにあたって、アイツは強硬に「ＪＩＭ」案を主張した。確かに、ショップ名をつけたほうが、社名である「宮沢板金塗装」を前面に出すよりも一般客には覚えてもらいやすいだろうが、それに伴う事務の作業は面倒だ。各媒体へ出している広告の修正が必要だったり、領収書に押すハンコも新調しなければならない。取引先にも通達が必要だし、顧客にもハガキを出すなどの対応が必要だ。俺はマコトの代わりに、雑務を引き受ける社長の奥さんに頭を下げたが、アイツは「事務はお手のもんですよね、ＪＩＭだけに」と能天気な一言を発し、奥さんの顔を引きつらせた。

「もちろん、深い意味がある」

「なんだよ。もしかして、ジュン・イチ・ミヤザワか？」

五歳になる社長の三男坊が「ミヤザワ・ジュンイチ」なのだが、俺はいくらなんでも

「ジュン・イチ・ミヤザワ」ってのは無茶しすぎだろ、と苦言を呈したのだった。

「違《ちげ》ぇよ、バカ」

マコトは小汚いツナギ姿で、道一本と林しかない風景をゆっくりと見渡した。芝居がかった仕草で手を広げ、背中を向けたまま口を開いた。

「時代は不景気だ」

「そうだな」

「カーショップも、大手のチェーンが進出してきて、競争は熾烈《しれつ》だ」

「まあ、そうだな」

「俺たちは、死ぬ気で勝負しなきゃならねぇ」

「確かに。これから大変だ」

「生きるか死ぬかの大博打《おおばくち》だ」

「ちょっと大げさじゃねえか？」

「まるで、ジムが崖《がけ》に向かって突進していくように、俺たちもよ」

「それだ。ちょっと待て」

俺は、熱く語りだしたマコトの言葉を遮る。

「なんだよ」

「誰だよジム。知らねえ奴を急に出してくるんじゃねえよ」

またかよ、とマコトはゲンナリした様子で俺を指さし、お手上げ、とばかりに肩をすくめた。

「知らねえのかよ、『理由なき反抗』。名作だぜ？　観とけよ」

ジェームズ・ディーンだぞ、この野郎。と、マコトはよくわからないことを口走りながら憤り、俺の尻をひっぱたいた。その映画にはジム、という役のジェームズ・ディーンが崖に向かって車を走らせるシーンがあり、それが所謂《いわゆる》チキン・レースの元祖だという。あの頃のマコトは、一九五〇年代のアメリカ映画に大ハマりしていて、何かと面倒くさくて仕方が無かった。

「なんか、カッコいいだろ。疾走感つうかさ、向こう見ずな感じが」

「それがお前の言う深い意味か」

「そうだよ」

浅《あせ》え、と俺は呆《あき》れる。だいたい、ジェームズ・ディーンと言われても、映画とは縁のない俺の頭には全く顔が浮かんで来ない。あのモミアゲがすごい外人か、と言うと、それはエルビス・プレスリーだ、と叫びながら、アイツはさらに尻に蹴りを入れた。大して痛くないので、蹴られるのは別にかまわない。

「にしても、車の修理屋が無謀運転つうのは、やっぱマズいんじゃねえか」

「細かいこと言うなよ」

「少しは細かいことも考えろよ」

「とにかくだ、ウチのような零細が大資本相手に生き残るためには、多少の無茶も必要だってことだ」

作業場から、誰が零細だバカヤロウ、と、社長の声が飛んできた。

「随分やる気だな」

「そりゃそうだ。俺たちは、この欲望渦巻く世界で、なんの後ろ盾もなく、裸一貫で生きていかなきゃならねえんだぞ」

俺は、ぐっと言葉を詰まらせた。俺もマコトも、身一つで社会という目に見えないとてつもなく大きな潮流に挑み、もがきながら生きていかなければならない。俺は顔にこそ出さなかったが、漠然としながらもはっきりと形のある不安を感じていた。仕事や金がなくなったらどうしよう、と言うよりは、もっと根源的な不安だ。いったい、自分はどこに向かっているんだろう、とか、そういう類《たぐい》の。

「なあ、俺たちはさ、そうやってガツガツ生きて、なんになるんだろうな」

「さあな」

「生きる理由ってのは、必要なのか」

いつだったか、誰かに同じ質問をしたことをふと思い出した。

「理由なんてあっても無くても、死ぬやつは死ぬし、生きるやつは生きる」

「まあ、そうかもな」

「地球に水があるのも、お前の心臓が動いているのも、トンボが六本足なのも、別に理由なんかねえだろ。そういうもんなんだ」

「心臓が動いてりゃ生きていけるのかよ」

「まあ、心臓が動いてねえと生きていけねえ」

「当たり前だ」

「いいか、俺たちが生きていくためには、必要なものが三つある」

「三つ？　なんだよ、それ」

「ちょっとは考えろ」

俺は、ビールとパチンコと煙草、と答えた。

「バカじゃねえのか」

「賢くは無いな」

「いいか。それは、勇気と、想像力。そして、少しの金だ」

「ああ、うん、そうか」

マコトは俺の微妙なリアクションを見て、また容赦なく尻を蹴りだす。

「なんだよ、お前、なんにも知らねえな！　よくこの歳まで生きてこれたな！」

「またあれか、映画の受け売りか」

「『ライムライト』だろ。名作だぜ？　観とけよ」

チャーリー・チャップリンだぞ、この野郎。と、マコトはまた意味のわからない怒り文句を吐き散らして憤る。

「チャップリンくらいは知ってる。チョビヒゲで白黒のオッサンだろ」

＊　＊　＊

半年ほど前の会話を思い出して、思わずため息をついた。たった半年で、これほど急激に世界は変わってしまうのかと虚《むな》しくなったからだ。去年のクリスマス・イヴを境に、マコトはほとんどしゃべらなくなった。あれほどやる気をみなぎらせていたマコトの豹変《ひょうへん》ぶりに、社長以下、先輩社員も心配そうに、何かあったのか、と聞いてきた。俺は、まあ、いろいろあったんすよ、とだけ答えた。

この頃考えることと言えば、自分は何故生きているのだろう、ということだけだった。世界のどん底から空を見上げていると、現実というものはどうにもならないもので、どうあがいても思うようには動かないのだと、嫌でも気づかされる。俺たちを巻き込む社会は容赦なく渦巻いて、世界を絶えず動かす。疲れ果てても、立ち止まったり座り込んだりすることは許されない。結局、何かに突き動かされるまま、人間はだらだらと歩く。

なるほど、これが嫌になって自ら死ぬやつが出てくるんだな、と俺は思った。

「寒《さみ》ぃな」

社長がため息混じりにつぶやいた。雪が降ってきやがったな、という俺の言葉に、答える声は無かった。マコトは預かった車の下にもぐりこんだまま、微動だにしない。寝ているのかと思って蹴りでもくれてやろうとしたところ、突然けたたましい爆音が響いてきた。

飛行機でも不時着したかのような音に驚いて外に飛び出してみると、この辺ではまずお目にかかることのできない超高級車が停《と》まっていた。誰もが知るエンブレムと、つややかな赤いボディ。アイドリングをしているだけで、轟音《ごうおん》が内臓を揺さぶってくる。存在はもちろん知っているが、ラジコンやミニカーでしか見たことの無い車だ。目の前にすると、その辺の車とは迫力が段違いだった。

「すげえな、こりゃ」

マコトはどうやら起きていたらしく、耳をつんざくエンジン音につられて、のろのろと外に出てきた。

「うわ」

俺は、思わず声を出しながら顔をしかめた。一台数千万円は下らない高級車のフロントが、見事に中破していたのだ。カーボン製のフロントカウルが割れ、ヘッドライトカバーも破損している。マコトも、青ざめた顔で真紅の車体に残された生々しい傷痕《きずあと》を見つめていた。

「ねえ、直してよ、これ」

車屋でしょ、ここ。と、真新しい看板を見上げつつ車から降りてきたのは、予想に反してかなり若い女だった。身なりはよく、裕福な家庭で育ったのだということはすぐに見て取れた。背がスラリと高く、手脚が長かった。大人びた装いのわりに顔は幼く、もしかするとまだ十代かもしれないな、と思った。

「よくこんな恐ろしい車乗れますね」

俺は緊張しているのを悟られないよう、笑顔で女に声をかけながら、しげしげと破損部分を見回す。マコトは壊れた箇所を爪で軽く削り、人差し指についた塗膜片をじっと見ていた。

「塗装が独特なんですよね、この車。結構大変かもしれないですよ」

マコトは俺に視線を向け、な、と同意を促した。俺は大きく頷きながら、そうそう、特徴があるんですよね、塗装に。と、調子を合わせた。

「で、直るの？　直んないの？」

女はサングラス越しに俺を睨《にら》みつける。

「ちょっと、社長連れてきますよ」

俺はすかさずマコトを奥に走らせる。程なくして、眉間にしわを寄せた社長が奥から出てきた。

「これ、ほんとに直す？」

社長の第一声は、唸り声ともつかない言葉だった。

「パパの車だからさ、直んないとヤバい。結構お気に入りらしいんだ」

「これ、フロントカウル取っ換えなきゃいけないね。お金と時間が大分かかるけど、いい？」

「どんくらい？」

「パーツの取り寄せ状況にもよるけどね、早くても三ヶ月はみないとダメだね。下手したら半年」

「お金は？」

社長は、スゲエ安く見積もってこれ、と言いながら手のひらを見せた。

「五百か、キッつ」

キツい、ってレベルなのか、と俺は愕然《がくぜん》とした。普段社長が手のひらを出すのは板金塗装五万円コースの時なのだが、今日は会話の桁《けた》が違った。自分よりも歳下と思われる女が、五百万円もの大金を「ちょっとした出費」程度に話すのは衝撃的だった。いったいこの女はどういう世界で生きているのだろう。

「パーツは、正規店に持って行ったほうが早く手に入るかもしれないよ」

「正規店とかさ、そういうとこに持ってっちゃうと、パパにバレちゃうから無理。できれば、ここでやって欲しいんだけど」

「まあ、技術的には、やれんことも無いけどな」

「ほんと？」

女の顔が、ぱっと明るくなる。

「ああ、まあ、ね」

「お金は、なんとかするし」

女は、ハンドバッグから財布を取り出し、見たことも無い色のクレジットカードを出してちらつかせた。

「うち、クレジット使えねえんだよ」

女は、めんどくさ、と口の中でつぶやき、バッグから五十万ほどの束を出して、社長に突き出した。社長も内心驚いていただろうが、動揺を表には出さず、比較的冷静な対応をしていた。

「残りはあとで」

社長はわかったよ、と札束を受け取り、少し手で弄《もてあそ》んだ。

「保険は使わないんだな」

「うん。全部自費」

「車検証と免許証は？」

女はちっ、と舌打ちをした。

「ないのか」

「ないとだめなの？」

「本来なら」

「じゃあ、なんとかして」

「なんとかしてって言われてもな」

社長はさすがに途方にくれたのか、女から目を逸らし、頭をかいた。

「どこの誰の車かわかんないのに、修理できないだろ」

それが引き金となったのかどうなのか、女の顔色がさっと変わった。

「いちいちうるせえな、人の話聞いてねえのかよ、ジジイ」

あまりの剣幕に、俺も社長も目を丸くする。

「ね、さっきからさ、何度も言ってんでしょ、バレたら嫌だってさ。バレたらヤバいってさ。なんでなのかくらい察しろよ、って話。だいたい、できるって言っただろ、テメエさ。できるって言ってから、何グダグダ言ってんの。車検証って何よ。そんなもん知らねえよ。免許証？　はいはい、そんなん無い。無免だから。無免許。免許証なんか無いわけ。でもさ、できるっつったんだから、なんとかしてよ。金は払うっつってんだからさ。どうせ、儲《もう》かってないでしょ、こんなとこさ。だったら稼ぎなよ、何も言わずにさ」

工賃に少し上乗せしてもいいし、と女は言った。無免許運転による事故への口止め料という意味だろう。

結局、無茶苦茶な女の要求を、社長は全て呑んだ。傷ついた赤い車はガレージ奥に吸い込まれ、外からは絶対に見えないような措置が取られた。とんとん拍子に進んでいく会話に、俺の中の価値観や常識が、激しく揺さぶられていた。何故こうも常識外の要求がすんなりと通ってしまうのか、理解ができなかったのだ。あの女の、人を見下した物言いも心底気に食わなかった。無免許で事故ってるんだぜ？　なに偉そうにしてやがんだよ、などとわめき散らしながら、横っ面を思いっきり張り飛ばしてやったら納得できるのだろうか。法を犯したこの女に何もできない自分が、ただただ歯がゆかった。

社長が見積書を作成している間、女はけだるそうに椅子《いす》に座り、足をぶらぶらさせていた。俺は少し離れたところで作業をしていたが、どうも落ち着かず、目の端で女を追っていた。あの女は何を考えているのだろう。あの女は何故、生きているのだろう。そんなことを考えていた。

何か思いつめたような顔をしながら作業場をウロウロしていたマコトが、唐突に女の近くへ寄って行った。先ほどのいざこざの件で何か一言物申すつもりではないかと思って、俺はすぐに止めに入れるよう腰を浮かせた。アイツは俺の思いをよそに、何の緊張感も無く女の前にひざまずくと、前フリも挨拶も抜きでいきなり、ううううと唸りながら右手をぶるぶると震わせた。

「ちょっと、何？」

女が顔を引きつらせた瞬間、手から一輪の花がぴょん、と飛び出す。俺は、こいつにまでドッキリなのかよ、と、あきれてこめかみに手をやった。

女は少し驚いた様子だったが、マコトが花を差し出すと、意外にも素直に受け取った。花には糸が括《くく》られていて、マコトの手から小さな万国旗が現れた。その辺の玩具屋《おもちゃや》で売っているような、簡単な手品だ。万国旗をするすると引っ張っていくと、最後にパンッ！　という破裂音がした。アイツのドッキリは子供だましが多いが、その中でもこれは特にクオリティが低い。さすがのドッキリストも、職場にまではドッキリグッズを持ってきてはいなかったらしい。クラッカーや手品グッズは、昨年末、ささやかな忘年会をやったときに、余興で使われたものの残りだ。事務所にでも転がっていたのだろう。

「なにこれ」

女は驚いた様子も見せずに、まだ火薬の臭いが残る万国旗を手で弄《いじ》くった。

「ドッキリ」

なにその昭和な感じ、と言って女はそっぽを向いた。アイツは、久々のドッキリ失敗に口をとがらせながら、すごすごとネタを引っ込める。仕事場だしな、今はこれが精一杯、と、独り言を吐いた。

「あれさ、どうしちゃったわけ」

マコトはガレージ奥を親指で指し示す。

「別にいいでしょ」

「まあ、別にいいんだけどさ。一応」

「ぶつけた」

「そりゃ、見りゃわかる。いろいろね。なんにぶつけたのさ」

「なんでもいいじゃん」

「いいんだけどさ、一応だよ」

女は面倒くさそうに肩を上下させ、ため息をつく。

「犬轢《ひ》いた」

「犬か」

「そう。避《よ》けようと思ったんだけど、間に合わなかった」

「あの車、乗るの難しいだろ。無免許で乗れるような車じゃねえぞ」

「そうでもないよ。結構いける」

「でも、止まれなかったんだろ？」

「暗かったから、気づくのが遅くなっただけ」

「そもそも、なんでこんなとこ走ってんの？」

女の車のナンバープレートには、「品川」という表記があった。

「パパの別荘があるから」

「なんでまた、うちに持ってきたのさ」

「派手な看板出てるじゃん。前にこの辺通ったときに見て、覚えてたから。別荘から近いし、パパとの繋《つな》がりはなさそうだし、ここでいいか、って」

マコトは一瞬意外そうな顔をした後、俺をちらりと見て、ほれ見たことか、という顔をした。看板リニューアルも、あながち無駄だったわけではなかったらしい。

「ぶつけたのは、ちょっと前だろ？」

「わかるの？」

そりゃわかるさ、とアイツが言うと、女はうつむき、舌打ちをした。

「どうしてすぐに持ってこなかったのさ」

「だって、飼い主とかが探してたら嫌じゃん。見つかったら面倒だし」

「犬は？」

「たぶん、死んだ」

「歩道まで引っ張って行ったんだけど、なんかすごいびくびくしてたから」

つんとした表情は変えなかったが、声が震えたような気がした。轢いた瞬間のことを思い出して、少し動揺したのかもしれなかった。どん、という鈍い音を想像して、俺はいたたまれない気持ちになった。

「たぶん？」

「なるほどね。誰かの飼い犬？」

「わかんないけど、そうかも」

「飼い主泣いてるぜ。犬だけに、ワンワンとよ」

「だよね。マジで凹《へこ》んだし」

「謝りに行けよ」

「無理」

「なんでさ」

「だって、嫌じゃん、そういうの」

まあ、そうだよな、とマコトは言った。

結局、女は事故車を預け、タクシーを呼んで帰った。俺が、大丈夫なんですか、と聞くと、社長は、大丈夫だ、と言ってしばらく黙った。何がどう大丈夫なのかはお互い曖《あい》昧《まい》なままの会話だった。

「ついさっき、電話がきたんだよ」

「誰からですか」

「あの娘の親父だ。正確に言うと、親父の代理人だ」

「親父に内緒で来てるんじゃないんですか、あの女」

「親父には、娘の行動なんか筒抜け、ってことなんだろうな」

「親父はなんて言ってきたんですか」

「金は心配ない、ただし他言無用」

「どうするんすか」

「どうもこうもねえんだよ、こういう場合はな」

「親父ってのは、誰なんですか」

「さあな。名前は名乗らなかった。でもまあ、ガキに五百万使われても屁《へ》でもねえ、ってくらいのヤツだろうな」

「大丈夫なんですか、ほんとに」

またお互い、何が、とは言わなかった。

「大丈夫もクソもねえんだよ、こういう場合はな」

俺は、なんだか背筋がぞくり、とするのを感じた。社長は、真似《まね》するなよ、と言い捨てて、事務所に引っ込んだ。普段とは違う、何かを諦《あきら》めたような顔だった。社長は別に清廉潔白《せいれんけっぱく》な人間では無かったが、それでも俺らのようなガキに、こういう姿を見せるのは嫌だったのかもしれない。いつのまにか、雪はやんでいた。

「なあ、おい」

マコトは、社長と俺が話している横に突っ立って、女が走り去っていった方向をじっと見つめていた。社長が事務所に戻ると、視線を遠くに残したまま、俺に声をかけた。

「どう思う？」

「なにがだよ」

「リサ」

マコトは、あの女が置いていった注文票に書かれた名前を見ていた。注文票には住所も何も無く、カタカナでリサ、という名前だけが書いてあった。こんなところまでルール無視かよ、と苦笑する。

「帰してよかったのか、とは思っている」

「帰さないでどうすんだよ」

「一発ぶん殴ってやればよかった。あんな無茶が通っていいと思うか？」

マコトは振り返って小さく笑った。

「なあ、ああいうタイプの女が、彼女だったら大変かな」

俺は、バカじゃねえのか、と吐き捨てた。

「論外だ。さっきの逆ギレっぷりも見たろ？　自分の思い通りにならねえと、火がついてどうしようもなくなる。自分が悪い、なんて夢にも思ってねえんだ。何してもそう、何に対してもそうだ。それに――」

口から際限なくあふれ出す罵詈雑言をすべて呑み込み、口をつぐむ。アイツは、何も言わず、俺の肩にこつんと拳を当てた。

「浮気？　したよ、うんした。でも一回じゃねえから。五回。五回もされてて気づかないあんたもどうなの？　そもそもテメエがセックス下手なのが悪ぃんだろ」

マコトが、和まそうとでもしたのか、唐突にモノマネを披露する。思わず俺は噴き出した。基本的には似ていないが、変に特徴を捉えている。

「五回浮気した、とか言わなくてもいいだろ」

「テンションのままに無免許だ、とか言うくらいだからな。浮気の回数くらい言いかねないだろ」

「黙ってりゃいいものを」

「女ってやつは、ああいう時にブレーキが利かねえからな」

止まれずに犬轢くくらいだからな、とアイツは引きつった笑みを浮かべた。女にもよるだろ、と俺は肩をすくめる。

「また、社長が先にやれんことも無い、って言っちゃったのもな」

「人間、希望の後に絶望を見ると、怒りが湧くんだ」

ドッキリとは逆にな、とアイツは言う。ドッキリは、絶望の後に希望を見せるから人は幸せになるのだそうだ。そんなことは無い、いつもお前のドッキリを受ける俺は、殊《こと》のほか不幸だ、と反論する。アイツはにやけながら、お前は不幸なフリをしているだけだろ、と知ったようなことを言った。

「正月にさ、そこの神社でおみくじ引いたんだ」

「急に話を変えるんじゃねえよ」

「見事に凶」

「そりゃ、ご愁傷《しゅうしょう》様だな」

「けどよ、待ち人来たる、と書いてあった」

「待ち人ねえ」

「リサが、そうだと思うんだよ」

どうだろうな、と俺は言葉を濁した。

「どう思う？」

「さあな。でも、神様なんていると思うか？」

「いねえだろうな」

「だとしたら、おみくじなんてのはそんなもんだ」

「そんなものでも縋《すが》りたくなるんだよ」

俺は笑いたくも無いのに、笑った。

「金がありゃ、神様なんぞに頼まなくても、何でもできるんだろうけどさ」

「まあ、いろいろできるんだろうな」

あの車の傷がきれいに補修されてしまえば、轢き殺されたという犬は初めから存在しなかったものとして、世界から完全に消えてしまうのだろうか。飼い主が泣こうがわめこうが、海にコップ一杯のミルクを注ぐのと同じで、あっという間にうやむやになる。そのうち「何もなかった」ことになって、犬は「いなかった」ことになってしまう。圧倒的な金の力の前では、俺などクソの役にも立たない。声高に、犬一匹いたんですよ、と叫んだところで、誰も耳を貸さない。

「金がありゃ、いいのか」

「なにがだよ」

「金があれば、リサに近づけるかな」

「あ？　何言ってんだお前は」

目標ができたんだよ、とマコトは言った。冗談か、と思ったのも、一瞬だった。マコトの目は、あの、人を呑み込みそうなほど深い透明だった。

「あの女に近づいて、どうする気だよ」

「とっても仲良しになるのさ。なんでも本音で言い合えるくらいのな」

「自分の女にするって言うのか」

「そういう言い方は好きじゃないけど、まあそういうことだな」

「無茶言うな」

「無茶じゃない」

「何のために」

「世界を変えるためにだ」

「無茶言うな」

「無茶じゃない」

だってよ、とアイツは口を尖らせた。

「このままここにいても、何も変わらねえだろ」

マコトは遠くを見たまま、次第に声を荒げていった。

「チャーリー・チャップリンは嘘を言った」

「嘘？　白黒のチョビヒゲがか」

「人生に必要な、三つのもの」

「勇気と、想像力と、少しの金？　だったか」

「少し、じゃねえんだよ。少しの金じゃあ、何もできない。俺の人生に今必要なのは、俺の常識を捻《ね》じ曲《ま》げるくらいの大金だ。ア・ロット・オブ・マネーなんだよ。その人間の人生によって、必要な金の額は変わる。少しの金、の額も変わる。つまり、人生に必要なのは、人生を決める額の金、その金を生み出すための勇気と、想像力だ。つまりは、金がありゃいいってことだ」

俺は目をしばたたかせた。今の今まで、アイツの口から「金が欲しい」という言葉が出てきたことはなかったからだ。

「そんなもん、いまさら言っても、しょうがねえだろ」

貧乏人じゃねえか、俺らは。と、ようやく絞り出したのは最低の言葉だった。言ってから少し後悔したが、口を飛び出した言葉はもう戻すことができない。

「じゃあ、お前は、このままでいいのか」

マコトの言葉は強かった。

「いいとは、思ってねえ。思ってはいねえが、無理がある。俺らとは、住む世界が違いすぎる」

「住む世界が違うんじゃない。持っている金で、住む世界が区分けされているだけだ」

マコトは遠くを見たまま、同じ地球の同じ空の下にいるんだから、住む世界は同じだ、と言った。

「じゃあ、どうするっつうんだ、お前は。あの女の世界に行けるほどの金なんて、どうやって手に入れるんだよ。ギャンブルか？　株か？　そんなもんじゃ全然足りねえぞ。それとも銀行強盗でもするか？　きっと、それでも全く足りないだろ」

「チキン・レースだよ」

「どういうことだよ」

「命を懸けるのさ」

「いまどき、そんな賞金レースやってるバカいねえだろ」

「チキン・レースのように命懸けで、ってことだよ。俺だって車で崖に突っ込むほどバカじゃねえぞ」

「いいや、お前はバカだ」

「バカなことを、命懸けでやるのさ。そうすれば金になる」

「一歩間違えりゃ、死ぬんだぞ、つまりは」

「そんときゃ潔く死ぬさ。俺はな、生きている必要がなくなったら死ぬんだよ、きっと」

「必要か必要じゃないかは、誰が決めるんだよ」

「神様的なヤツだろ」

「さっきいねえだろ、と言ったばかりだ」

「いねえだろうが、いてくれたほうが楽だ」

「なんでだよ」

「誰にもぶつけようの無いことでイライラするときに、好きなだけ文句が言えるじゃねえか」

　アイツは、罰当たりなことをさらっと言ってのけた。それ以上はバカ野郎とも言えず、ただ見ていることしかできなかった。マコトの目を見たにもかかわらず、俺はどこかで、本気ではないんじゃないか、と高を括っていた。だが、マコトは、その日のうちに退職願を出し、次の日にはもう作業場から姿を消していた。殴り書きのような退職願を手にしても、社長は何も言わなかった。

　その日を境に、俺の世界は加速度的に崩壊していった。

断片（4）

「社長は、なんでＪＩＭって名前にオッケー出したんですか」

「昔、観たからな、あの映画。ジェームズ・ディーンがカッコよかったんだよ。若い頃、真似してナイフ持ち歩いたり、咥え煙草で歩いたりしたな。埠頭《ふとう》でチキン・レースやったこともあるぜ」

「本当ですか、それ」

宮沢社長との再会は、一年ぶりだった。社長は俺の姿を見つけると、思ったより変わらねえな、と笑った。一年やそこらじゃ大して変わりませんよ、と俺は頭を掻《か》いた。

「お前よ、あの映画の、チキン・レースの結果、どうなるか知ってるか」

「いや、観て無いんですよ、まだ」

「ジムは、崖に落ちる寸前で、車から飛び出して助かる。だが、相手は服が引っ掛かって逃げ出せずに、車と一緒に崖から落ちて死ぬ」

「なんか、カッコいいんすかね、それは」

「カッコ悪いだろ。意地張って、悪ぶって、怖いって言えなくて死ぬわけだからな。

結局、何にもならねえんだよ。バカだなあ、で終わっちまう。俺も、今やれって言われたら、鼻で笑ってバカじゃねえか、って言うぜ」

じゃあ、何故、と言おうとしたが、口をつぐんだ。

「でも、若いっていうのは、そういうことだろ。歳取ってよ、嫁さんとかガキが出来ると、大人になっちゃうわけよ。お前はさ、生きる理由が必要か、って聞いてたな」

「はい」

「死ねない理由が出来るんだよ、そうするとさ。若さから卒業して、なりたくも無かった大人になってることに気づくんだ。若者の狂気だ、無駄死にだ、と言って、結局命を懸ける、なんてことは思いもしない大人にさ。過去に、なんだかわからないけど無理矢理命を懸けなきゃ生きている気がしなかった時代があっても、だ」

「そういうもんですかね」

「ジェームズ・ディーンは、最高にカッコよかったよ。まあ、車で事故って死んだけどな」

「突っ走って死ぬことは、カッコいいですか」

「カッコ悪いよ。実際にいたら、ただの迷惑なクズだろ、そんなやつ」

「でも、カッコいいんですか」

「時代だよ。そういう時代に生きてたわけさ。なんか、変に怒ってたんだよ。世の中にさ。ほんとに、なんにムカついてたのかわかんねえくらいイライラしっぱなしでさ。最近のガキには理解できないんだろうけど、俺はカッコ悪いのがカッコいいって思っちゃうんだよ、ああいう無茶するバカ。理屈じゃねえのさ」

「服が引っ掛かって、崖に落ちてもですか」

「あれはダセえな」

「どっからが無駄死になんですかね」

「無駄死にかどうかは、死ぬ寸前にどう思うかで決まるんだよ」

「死ぬ寸前に」

「俺やお前が理解できなかろうが、世間がバカだと誹《そし》ろうが、死ぬ瞬間に、俺はやりきった、ってそいつが思うんなら、それは無駄死にでも犬死にでもねえと思うよ」

　重機が巨大なアームを屋根に引っ掛けると、金属が派手に軋《きし》む音がして、まだ新しい、青地に黄文字の看板が地面に叩きつけられた。その瞬間、俺は思わず目を伏せたが、横目で見ると、社長は表情を変えずにもうもうと舞い上がる砂埃を見つめていた。

「でもな、お前は死ぬんじゃねえぞ」

社長は俺の肩を叩くと、じゃあな、と言って近くに停めてあった車に乗り込んだ。もう会うことは無いのだろうと思うと、名残惜しい気がした。

俺とマコトが少しの時間を過ごした宮沢板金塗装は、世界から永遠に姿を消した。

生きる理由とエンドロール

◆五ヶ月前　三十歳

「おう、キダちゃんじゃない、久しぶり」

「どうも、お世話になっています」

株式会社川畑洋行《かわばたようこう》、と書かれた小さな扉を開けると、丸顔で人のよさそうな川畑が出迎えてくれた。閑散としたオフィスの端に設けられた応接スペースに通される。程なく、いい香りのする褐色の茶が運ばれてきた。ほっとする香りだ。

「どう、仕事は順調？」

「ええ、おかげさまで」

「ならよかった」

「川畑さんのおかげです」

「いや、僕はなにもしていないよ」

社長の川畑は、分厚いレンズをはめ込んだメガネを拭きながら、向かい側に腰掛けた。

「キダちゃんは交渉の天才だからね。仕事の回し甲斐《がい》がある」

「あんまり褒《ほ》められたもんではないですがね」

「職業に貴賤《きせん》なし、とも言うよ」

「職業、と言っていいんですかね」

「そりゃ、我々のような人間もいないと、社会ってのは動かないのだもの。立派に貢献してるじゃない」

「でも、履歴書には書けないですね」

川畑は大笑いすると、そうね、そうだね、と頷いた。

「世間には認めてもらえないけどさ、我々の業界内ではキダちゃんの評判はうなぎのぼりだ」

「ありがとうございます」

「はじめてここに来たころは、まさかこんなに立派になるとは思っていなかったよ」

ふっと、頭に十年前の光景が映し出された。川畑はそのころに比べて少し太ったようだが、ぱっと見の変化はそれほどない。事務所の雰囲気、家具や机の配置、窓からの風景、どれも大きく変わったものはない。こういうものだよな、普通の十年っていうのは。と、妙に安心する。

「ところで、今日はどうしたの？　なんかふらっと来た感じじゃないね」

「ええ。今日は、取り寄せをお願いしにきたんですよ」

「あら、キダちゃんにしては珍しいね。何の取り寄せ？」

「果物です」

川畑はふん、と頷きながら、スーツの内ポケットから、端がめくれ上がった、くしゃくしゃのメモ帳を取り出した。

「果物か。それもまた珍しいね」

「そうですね」

「どういうのがいいの？」

「リンゴがいいかな、と思ってはいます。なければ、レモンかパイナップルでもいいです」

「ああ、その辺りね。そうだね、最近はわりと品薄かもしれないな」

「そうなんですか」

「いろいろ厳しいんだよね、輸入するとなるとね」

川畑はまたけらけらと笑い、量は？　と尋ねてきた。

「そんなにいりません。一人前くらいで」

「あっそう。そんなら大丈夫かなあ。産地の指定はあるかい」

「そうですね、まあ多少高くても品質がいいやつがいいですかね」

「一人前だったら、そうかもしれないね。数ありゃいいってものでもないし」

川畑は何かつぶやきながら、小汚くて細かい字でびっしりと埋め尽くされたメモ帳をめくる。傍目《はため》にはどこに何が書かれているのか全くわからないが、本人はおおよそ把握しているようだ。

「リンゴだったら、多少高いけどアメリカ産かカナダ産がいいと思うよ。あとは、タイだね。こっちは安いけど、品質の保証が取れないやつも混ざることがある」

「アメリカ、ですか」

「そう。でも、船で運ぶからちょっと取り寄せに時間がかかるかな。急ぎだったら、在庫を確認してみるけど」

「ああ、まあ、急ぎっちゃ急ぎなんですけど、別に、いいです。時間かかっても」

ふうん、と川畑はいぶかしげな視線を投げて寄越す。

「わかった。じゃあ、アメリカ産のリンゴを確認しておくね。入荷したら連絡するよ」

「ああ、はい。お願いします」

ふうん、と川畑はもう一度メガネの隙間から俺の様子を窺った。

「なんか、ワケあり？」

「はあ」

「なんかキダちゃんらしくないね。歯切れが悪いっていうか。しっくりこないっていうか」

「そうですかね」

「仕事なんでしょう?」

「半分、ですかね」

「半分」

「まあ、なんにしてもこういうのは気が向かないんですよ。俺は交渉屋ですから。お遣いなんてのは範疇《はんちゅう》じゃない」

「でも、請けたんでしょう」

「致し方ない事情で」

俺は苦々しく吐き捨てた。

「キダちゃんは、ドライになりきれないところがあるよねえ」

「そう、ですか」

「それがいいところでもあるし、悪いところでもある」

でも、僕はそういうところが好きだけどね、と川畑は付け加えた。

「キダちゃんは、何のために仕事してる?」

「何のため。何のためでしょうね。食っていくためかな」

うそだね、と川畑は笑う。

「生きていくためなら、他にも仕事がいっぱいあるよね。キダちゃんはさ、自分のために仕事しようって気がなさそうに見える。旨いものが食いたいとか、いい車に乗りたいとか、いい女を抱きたいとかさ。こういう仕事をする人間てのは、そういう欲に取り憑かれているもんだけどね」

「そんなことないですよ。俺だって、人並みの欲はありますよ。旨いもの食いたいし、いい車にも乗りたいですよ」

「もう、それなりに自由になるでしょう」

「そうですね」

なんですけど、ね。と言葉を切って、茶を飲む。

「旨いもの食いたいとは思うんですけどね、俺、ファミレスのナポリタンが死ぬほど好きなんですよ。いろいろ食ってはみたんですけどね、あれ以上旨いものにお目にかかったことがないというか」

「そりゃまた、ずいぶん安上がりだねえ」

「ぶったまげそうな値段の寿司も食いましたし、きれいな色した肉も食いましたけど、ナポリタンほど旨いとは思えないんです」

川畑は考えられない、とでも言うように、肩をすくめて首を横に振った。

「毎日ナポリタンでもいいですよ、俺」

それはきついだろう、と川畑は笑ったが、俺は大真面目に反論した。栄養バランスなんていう言葉がなくて、必要な栄養素を全て摂取できるのなら、本当に一日三食三百六十五日、ナポリタンを食っていたいのだ。

「車は？」

「いい車も乗りてえな、と思うんですけどね。そもそも、車に乗るのが怖いんですよ。たまに仕事で乗りますけどね、いつもレンタカーです」

「怖い？」

「俺、夜目がきかないんですよ。夜道走ってて、轢き殺しちゃったら、かわいそうじゃないですか。犬とかね」

この辺、暗い道多いですしね。と、付け加えた。川畑は杞憂《きゆう》じゃないかそんなの、と言って、また笑った。

「欲はあるんですけど、なんか今、割と満たされちゃってるんですよね」

「そういうのを無欲って言うんだけどね」

「そうなんですかね」

「うん、そう。そうだよ」

＊＊＊

平日午後のファミレスは、けだるさに支配されていた。ここの店員はいつもやる気があるように見えないが、今日に至っては「かったるいので帰ります」と言いそうな気配すら感じる。

普段なら、高校の教室で、教科書の陰に隠れて眠気と戦っている午後一時、今日は料理写真がちりばめられたメニューの陰で、その向こうにいるふくれっ面のヨッチから身を隠している。

注文品を即決していたヨッチは、俺がメニューを眺めている間、ねえまだ、早く決めなよ、と間断なく急《せ》かす。その圧力に屈して頷いてはみたものの、本当はまだ何も決まってなどいなかった。私服姿のヨッチが物珍しくて、しばらく眺めてしまったのが原因だった。

ヨッチは、すぐそばをホール担当の店員が歩いているというのに、わざわざコールボタンを押す。腑《ふ》抜《ぬ》けた電子音がして、厨房《ちゆうぼう》前のプレートにテーブル番号が表示された。慌《あわただ》しく点滅するデジタル数字とは対照的に、別段急ぐ様子もなく店員がテーブル横に到着し、間延びした声でお待たせしましたー、とハンディを構えた。

「あたし、ナポリタン」

「じゃあ、俺はこれ」

俺はいちいち読み上げるのが面倒で、メニューの中の一品を指さした。店員が注文を打ち込んで口を開こうとすると、ヨッチが一瞬早く言葉を発した。

「ご注文は繰り返さなくていいので」

店員は目を白黒させながら、カシコマリマシタと言って引っ込む。ヨッチはいつもこうだ。

今朝、起き抜けに電話をして、メシを食いに行こう、とヨッチを誘った。ヨッチはいぶかしむ様子もなく二つ返事で快諾《かいだく》し、なんなら学校サボっちゃおうよ、と実に魅力的な提案をしてきた。いいのか、と聞き返すと、みんな受験勉強でクラスの半分は休んでるよ、という言葉が返ってきた。続けて、キダちゃんはいいの？　と聞かれたので、うちの高校は入学式からそんな状態だ、と返した。電話の向こうから、豪快な笑い声が聞こえてきた。

サボタージュの軽い罪悪感と高揚感で、どうもふわふわと気持ちが落ち着かなかった。足が地に着かない、という言葉を日本で初めて使ったやつは、今の俺と似たような状況だったのかもしれない。

「なんだよ、ステーキとかじゃなくていいのかよ。おごりだって言ってるのに」

「そんなにガッツリ食べたら太っちゃうじゃん」

「多少肉ついたぐらいが女はいいんだぜ」

脱いだら、結構な腹してるのよ、あたし。とヨッチは自分の腹をつまむ。どう見ても痩《や》せぎすなのだが、女という生き物は誰しも、自分は太っているのだと言い張る。

「それに、ミルミルのナポリタン、超旨いんだよ」

「ナポリタンなんて、どこだって一緒だろ」

ヨッチはわかってないー、と俺を指さす。ミルミル、というのは、無敵のローカルファミレスこと、ミルキー・ミルキーの略称だ。

「世界で一番美味《おい》しいと言っても過言じゃないんだって」

「そうなのか」

「世界で一番美味しいものは、ここのナポリタンと、チョコパフェ。世界で一番不味いものは、ここのオムライス」

「オムライスって、マコトがいつも頼んでる奴じゃねえか」

マコトの舌は独特すぎて常人には理解できないんだよね、とヨッチは頭を抱えた。

「いまどき卵カッチカチだしさ。鶏肉《とりにく》パッサパサだし。同じケチャップ使ってるはずなのに、ナポリタンとは埋めがたい溝があるもの」

その代わりアホみたいに安いけどね。とヨッチは苦笑する。ここのオムライスは、爆安の三百八十円だ。

「アイツ、案外古いからな、感覚が。昔ながら、みたいなのが好きなんだよ」

「あー、そうかもね。ラーメンはナルトが載っかった醬油ラーメンじゃないと無理！とかね」

ラーメンつったら、ナルトが載った醬油味だろ？　と語るアイツの姿を思い浮かべて噴き出した。

「言いそうだ」

「言うよ、絶対」

ナポリタンは程なく出来上がり、粉チーズ、タバスコと共に店員の手で運ばれてきた。ヨッチはテーブルの中央寄りに置かれた皿を目の前に引き寄せると、これでもかというほど粉チーズを振りかけた。店の人間が泣き言を言いそうな標高のチーズ山をナポリタンの上に築き、まるでカキ氷にシロップをかけるようにタバスコを振りまく。おい、すげえなおい、と戦慄《せんりつ》している間に、ヨッチ仕様のナポリタンが完成する。

「うまいのか、そんなの」

ヨッチはもふもふと口を動かしながら、「うまい」とも、「ふまい」、もしくは「うもい」とも聞こえるような音声を鼻から漏らした。

「体に悪そうな色彩だな、おい」

「いいの。コレが好きなんだから。必須アミノ酸とか動脈硬化とか栄養バランスとかいう言葉がこの世になかったら、あたし、毎日三食ミルミルのナポリタンでもいいよ」

「そんなんじゃ、元の味もクソもないだろうに」

「マコトみたいなこと言わないでよ。食べたことも無いくせにさ」

食べてみなよ、とばかり、ヨッチは毒々しい臭いを放つスパゲティがぐるぐる巻きになったフォークを差し出した。一瞬躊躇《ちゅうちょ》するが、ヨッチは不機嫌そうな顔で、フォークをさらにずいと突き出してきた。意を決して、ヨッチのフォークを口に含み、巻きついたスパゲティを舌で絡め取る。唇が、ほんの少し温度の違う、金属に触れた。

「ほーら、うまいでしょ」

もちゃもちゃと口を動かしながら、俺はこめかみに手をやる。

「感想を言わせてもらうと」

「うん」

「無駄に辛ぇ」

「なによ無駄って」

「その上、無駄に酸っぺえ」

「だからなによ無駄って」

さらに、無駄に臭《くせ》ぇ、と付け加えた。

「正直に言っていいか」

「なによ、正直って」

「クソ不味い」

キダちゃんの味音痴！　味覚障害！　と、ヨッチは勝手なことを言う。味覚障害はお前だ、とあきれる俺をよそに、また平然と特製ナポリタンを口に運び出す。俺の目は、鈍い光を放つフォークの動きに吸い寄せられる。頼んだものはまだ来ない。手元に料理が来ないと、視線をどこに落ち着かせたらいいのかわからなくなる。食事をするヨッチを真っ直ぐに見るのは、なんだか悪いことのような気がした。

「ヨッチはさ」

「うん」

「どうするんだ、高校出たら」

大学行くよ、とヨッチはこともなげに言った。

「大学なんか行けるのかよ」

「君たちのようなおバカとは、頭の出来が違うのよ」

ヨッチとマコトと俺は、中学校まで同じ学校に通っていたが、高校進学で大きく進路が分かれた。ヨッチはこの辺りでは中の上くらいの進学校に入学し、俺たちは底辺から少しばかり上、というレベルの工業高校に進んだ。俺は強豪校で野球をやるためだ、と言い張ったが、地方予選で簡単に敗退した今となっては、そんな言い訳もできなくなった。

「それかね、女優になる」

「AVのか」

ヨッチはすかさずナポリタンからたまねぎを拾い上げて投げつける。オレンジ色のくたっとしたたまねぎが、額にぺたりと貼りつく。

「熱《あ》っつ！」

「違う。映、画、の」

飛んできたたまねぎを口に放り込むと、酸味と辛味を押しのけて、じわりとした甘さが口に広がった。ついで、女優になる、という話の面白さが広がってくる。

「女優。ヨッチがか」

「なに、文句でもあるの」

俺は我慢しきれずに噴き出した。

「いや、文句はないけど」

「けどなによ」

「いや、なんつうか、びっくりした」

「なんでよ」

ヨッチは珍しく、顔を赤くして噛み付いてくる。

「そもそも、映画なんか好きなのか」

「好きだけど、嫌い」

「どういうことだ」

「映画は好きだよ。でも、映画を観るってことは嫌い」

「意味がわからねえ」

映画を観るときはね、独りだから。とヨッチはつぶやいて、そのまま少し沈黙した。

「本パパはさ、映画が好きだったんだ」

本パパ、とは、死別した「本当の父親」のことだ。ヨッチが小学校に上がる頃、父親は病死したのだという。母親はその後に再婚したが、新しい父親を、ヨッチは偽パパ、と呼ぶ。

小五でヨッチが転校してきた理由も、この偽パパという男にあった。ヨッチの母親は夫との死別後に水商売を始めるのだが、ろくでなしの常連客と関係を持ってしまう。ここから先は、至るところでよく聞く話だ。

母子の暮らすアパートに、その男はしれっと転がり込み、当たり前のように住み着いた。なし崩し的にヨッチの母と結婚し、一人前に父親だ、などと尊大ぶる。かといって、前夫との子供に愛情をかけるようなタイプではなく、弱いくせにギャンブル好きで、定職が無く、酒乱だった。ヨッチの母の稼ぎをふんだくると、競馬やら競艇に行っては負け、荒れて酒を飲み、泥酔して帰宅すると、決まって二人に暴力を振るった。まるで陳腐な二時間ドラマだ。

結局、家庭内のゴタゴタで消耗し、学校を休みがちになったヨッチは、異質なものを否定し排除しようとするクラスメイトたちからいじめを受けるようになり、転校を余儀なくされた。ヨッチは母方の実家に預けられ、俺たちの学校にやってきた。母親はついてこなかった。ヨッチは、実の親に捨てられたのだ。ヨッチの母は、娘よりも男を取った。

「偽パパとママがいない日はさ、物置から本パパが集めてた映画のビデオを引っ張り出して、独りで観てた。古いビデオテープでさ、映像も超ザラついてるんだけど、それしかすることなかったからね」

「そうか」

「映画は面白かったんだよ。きれいな服を着た女優さんがいてさ、いいなあ、と思ってた。うちのママに似てる女優もいたよ。ママみたいにきれいになったら、あたしも女優になれるかなあ、って思ってた」

俺はじっと画面にかじりついている幼いヨッチを想像して、かっと胸が熱くなるのを感じた。

「でも、どんな話でも映画ってのは終わっちゃうんだよね。二時間くらいでさ。たまに長いやつもあるけど」

「そりゃまあ、物語だからな」

「なんかもう、終わっちゃうのが嫌で。ハッピーエンドでも、悲劇でもさ、エンドロールが流れてくると、涙が出るんだ。涙が止まらなくって、体が重くなって、やる気がなくなって、死にたくなるわけ」

大げさだ、と笑うと、ヨッチは何も言わずに笑顔で首を振った。俺は、何かを察して口を閉じた。

「現実に戻るのが嫌だったのかもね。そのまま、ずっしり重たい気分のまま、ずーっと流れていくクレジットを見るんだ。いろんな人の名前がさ、現れて、すぐ消えていく。音楽もフェードアウトしていっちゃってさ、もう何も出てこなくなる」

「ジ・エンド、とか出てくるんだろ」

「そう。本当に何もかもが終わって、エンドロールが止まる頃、あたしはようやく立ち上がれるようになる」

「なんでだ」

「やりきった感があるからじゃないかな。誰かの物語の中に二時間くらいだけ入り込んで、同じ時間を生きて、同じ感情を抱いて、一緒に笑って、一緒に泣いたわけじゃない？　あたしは傍観者《ぼうかんしゃ》に過ぎないのかもしれないけどさ、それでも映画の世界が終わって、自分だけが現実に弾き出されるのって辛《つら》いんだよね。だけど、もうほんとに物語がすべて出し尽くすのを最後まで見て、何もかもが終わったら」

ヨッチは一旦《いったん》息をつき、水を口に含んだ。

「終わったら？」

「あたしはあたしの物語を生きなきゃ、って気になるんだよ。生きなきゃ、って」

ヨッチがこんなことを話すのは珍しかった。いつもは俺にもマコトにも、自分のことは話したがらない。ヨッチの気持ちを察して、俺たちもあれこれとヨッチの世界に深入りはしない。これほど長い時間を共に過ごしているのに、まだヨッチの世界の入口に立っているだけだ。入口のドアから垣間《かいまみ》見える世界を、少し遠慮がちにのぞき見ているに過ぎない。

底なし沼のように深くて透明なあの瞳の奥に堕《お》ちて、すべてがヨッチの中に完全に溶けてしまったら、世界はどのように見えるだろう。この目で見る乾いて色褪《いろあ》せた世界よりも、美しく、残酷で、色鮮やかな世界が広がっているのだろうか。いつからか、俺はヨッチの瞳に取り込まれていた。

「映画とか、観ないの？」

「そうだなあ、あまり観た記憶がない」

「観るべき。映画はね、人間が作り出した、至高の芸術だよ」

「そうだな、今度観に行ってみようか」

「もしあたしと行くんならさ、絶対最後まで黙って観ててよね」

「あ、ああ。わかったよ」

「エンドロールが流れると同時に立ち上がったりしたら、マジでぶっとばすからね」

そう言ったヨッチは、いつものヨッチに戻っていた。一緒に行くのは遠慮しておく、と俺は顔を引きつらせた。

「だからさ、映画は超好き。でも、結局独りになるから、映画を観るのは嫌い。でも、観ずにはいられない。だったら、自分が映画の中に入ってスクリーン越しに世界を見たら、きっと全部が好きになれるんじゃないかなあ、なんて思ったんだけどさ」

「なるほどな」

「まあ、実際問題として、女優になれるとは思ってないよね」

「わかんねえじゃねえか」

「わかるよ。女はリアリストだからねー。さっきのは思いつき」

「なんだ、つまんねえな」

「偽パパとママとで、店出して儲かってるんだって。お金は出してくれるって言うから、お言葉に甘えて大学に行くよ。短大だけどね」

それできっと、ママの罪悪感は軽減されるんだろうしさ。と、ヨッチは自虐めいた言葉を吐いて、また少し口をつぐんだ。俺はどう言葉をかけていいかわからなくなって、そうか、とだけ答えた。

「マコトもキダちゃんもさ、ちゃんと勉強に頭を使えば大学くらい行けそうなのにさ。奨学金《しょうがくきん》でももらってさ」

「マコトは、そうだな。アイツはバカだが、頭はいいと思う」

けれど、どうしようもないほどの勉強嫌いだからな。と、俺はため息をつく。

「キダちゃんだってそうだよ」

「俺か」

「そう。キダちゃんだって、ちゃんと勉強すればもっとがんがん成績上がりそうなのに」

「俺はダメだ」

「なんでよ」

「マコト以上の勉強嫌いだからな」

ヨッチはお手上げ、というジェスチャーで応じた。

「キダちゃんはさ、なんかやりたいこととかないの？」

「やりたいこと、か」

「なんかさ、美味しいもの食べたい！　とか、いい車に乗りたい！　とかさ」

いい女を抱きたい、とかさ！　と、ヨッチは体をくねらせながら舌を出し、大きくは無いが目力のある目で、わざとらしいウインクをしてみせた。

「よくわからねえな。なにがしたいのか」

「そういうこと言ってると、キダちゃん、ニート一直線だよ」

働かざるものは、日本国のお荷物なんだからね！　と、ヨッチは歯に衣《きぬ》着せずものを言う。

「働かないくらいなら、殺し屋にでもなった方がいいよ」

そして、ロクデナシだとか、ゴクツブシだとかを次々に殺害するといい、とヨッチは口角泡を飛ばす。働きたくないわけじゃねえし、そもそも人殺しなんてしたくねえよ、と、俺はひねりも何もない普通の答えを返した。

「あとね、強姦魔《ごうかんま》と痴漢《ちかん》もさ、さくさく殺しちゃえばいいんだよ」

「まあ、そりゃそうだが」

「あと、放火魔ね」

「犯罪者とはいえ、だいぶ人が死ぬな」

「あとさあとさ、轢き逃げ犯ね」

「まだ殺すのか」

「轢き逃げ犯なんてさ、爆弾とかで吹っ飛ばしてやりゃいいんだよ」

「殺しすぎだ」

どんどん過激になっていく言葉を、苦笑いをしながら制する。

「だってさー、そんなやつら、生きる権利も、生かしておく理由も無いでしょうに」

どうせ生きる理由も無いよ、そいつら。と、ヨッチはまた乱暴に決めつけた。

「生きる理由なんてのはさ、必要なのかな」

「どしたの急に」

「俺は飯を食って、寝る。学校に行ったり、街をぶらついたり、テレビを見たりする。そしてまた腹が減ったら飯を食い、眠くなったら寝る。心臓はばくばくと動いていて、血も巡っている。触れば温かいし、息もする。生きているのは間違い無いが、生きていることに理由は無いだろ」

「そうだなあ」

ヨッチは少し手を止めて考え込んだ。

「生きる理由が必要な人、もいると思う。生きる理由があった方が、人生は充実すると思う。でもさあ、生きる理由は必要条件じゃなくて、十分条件なんだよね、きっと」

「よくわからねえ」

「生きるということに理由が必要なんじゃなくて、みんな自分が生きていることに理由をつけたいだけなんだよ。安心できるじゃん、そのほうが」

「そういうもんか」

「さあね。知ったような口を叩いてみた」

照れ隠しのつもりか、ヨッチは頰にえくぼを浮かべ、顔をくしゃりとゆがめて笑った。

「でも、あながち間違ってねえ気がするよ」

「もしさ、生きることに理由が絶対必要なら、あたしは多分とっくに死んでる。なんとなく、そんな気がする」

「なんとなく、か」

「あたしは、死ぬ必要がないから生きてるし、生きている必要がなくなったら死ぬんだよ、きっと」

「それは誰が決めるんだ」

「神様、って言っちゃえば簡単？」

「神様なんているとと思うか」

「いたほうが楽しくない？」

「仮にいたとしても、俺の生きる理由なんて、いちいち考えてくれねえだろ」

「うわ、卑屈《ひくつ》ぅ」

「羽虫の寿命とか、ミジンコの生きる必要性とか考えてたら、神様が先に過労死するんじゃねえか」

「無限の宇宙から見たら、俺のちっぽけな人生なんて羽虫とかミジンコくらいどうだっていい、とか言うつもり？」

「宇宙から見たら、俺のちっぽけな人生なんて、心底どうだっていいだろう」

「なにそれ。老成しすぎじゃないの。今度から仙人て呼ぶよ？　キダ仙人」

「仙人は嫌だな」

しなびたジジイじゃねえか。と言うと、ヨッチはクソ辛いナポリタンをほおばったまま笑った。

「なんかさ、キダちゃんは、もっと自分のために生きたほうがいいと思うよ」

「自分のため、ねえ」

「キダちゃんは、マコトにもあたしにも、ほかの友達にも皆《みんな》に優しくてさ、ついつい甘えちゃうんだけどさ。でも、それでいいのかなって思うことがあるよ」

「どうして」

「よってたかってキダちゃんの人生を食いつぶして、自分の人生の栄養にしてるみたいじゃん」

そんな風に考えたことは無かったが、仮にそうであったとしても不快感は無かった。むしろ、誰かの人生の一部になれるというのならば、きっとこの上ない幸福だと思う。

「俺は人のために生きてるんじゃないと思う」

「ん?」

「俺は、自分の人生を生きるのが面倒なんだ」

ヨッチは、小難しいよキダ仙人、と言って頭を抱えた。

会話が少し途切れたタイミングで、注文していた料理がようやく運ばれてきた。俺はばつが悪いのを隠し切れないまま、料理を自分の前に引き寄せる。カッチカチの卵に、パッサパサの鶏肉。

「ちょっと、オムライス頼んでんじゃん! キダちゃん!」

「ああ、まあ、ね」

「不味いって言ってんじゃん、ここのオムライス」

「ああ、うん」

安かったんだよ、とか細い声で言い訳をする。なんでもおごる、などと気前のいいことを言った割には、財布に二千円しか入っていなかったのだ。

＊＊＊

キダちゃん、なんか目がうつろだけど大丈夫かい、という川畑の声で、我に返った。

時計を探して、今、を確認しようとする。顔を上げると、プラスチックの黄ばみが激しい壁掛け時計が、午後二時十六分を指しているのが見えた。

「あ、じゃあ、お願いします」

「うん、了解了解。また携帯に連絡するね」

随分昔の出来事をまぶたの裏に描きながら、オフィスを出た。川畑は外の階段まで出てきて、見送ってくれた。

「キダちゃんさ」

「はい」

「さっきの、いい女は抱きたいか、って話。最近、彼女なんかはいるのかい」

階段を下りる足をいったん止め、振り返った。川畑は邪気の無い顔で、俺の答えを待っている。

「俺が思ういい女、ってのは、なかなかいないんですよ」

川畑は、贅沢《ぜいたく》言うね、と笑った。

断片（5）

おい、ヨッチ、と声をかけようとすると、マコトの手が俺の口をふさいだ。少し先には、黒髪に戻ったおかっぱ頭と、赤いランドセルが見える。

そこは、交通量はそれほど多くないが、住宅地の区画外周にあたる、少し広い道だった。車道と逆側は高台になっていて、コンクリートで固められた法面《のりめん》が続いている。コンクリートの間からグレーの配水管が出ていて、流水の跡が黒く変色していた。車道は歩道より一段低くなっている。自転車に乗ったまま下りるには、少し躊躇うくらいの高さだ。

「なにすんだよ」

「よくみろよ」

ヨッチは、歩道に立ったまま、じっと何かを見つめていた。茶色い塊《かたまり》がヨッチの足元、車道の端に転がっているのが見える。目を凝らしつつ少し近づくと、どうやらそれは小さな動物であるようだった。

動物は、丸まったまま動かなかった。俺が小声で、死体かな、と言うと、マコトは、かもな、とだけ答えた。

　今日は朝から、学校にヨッチの姿は無かった。ヨッチが無断で学校を休むことは珍しくは無かったので、俺たちはあまり気にしていなかった。クソ田だけは、毎回飽きもせず、火でも吹きそうなほど激昂《げっこう》したが。

「なにしてんのかな、あいつ」

「みてるんじゃねえかな」

「なにをだ」

「あれ。ネコかな？」

「イヌじゃねえか？」

　少し迷った挙句《あげく》、俺たちはヨッチに近づくことにした。距離が狭まるに連れて、茶色い塊がなんなのか、はっきりしてくる。赤い首輪が見え、先っぽの白い手足が見えた。黒い鼻からオレンジ色の液体が出ていて、うっすらと目が開いていた。横たわっていたのは、犬だった。家から抜け出した飼い犬が、車にはねられて命を落としたのだろう。

　体には目立った外傷は無かったが、死んでいることは明らかだった。犬が横たわっている姿など何度も見たことがあるはずだが、何故か俺は犬から視線を外すことができなかった。怖い、かわいそう、気持ち悪い、いろいろな言葉が浮かんできたが、どれも自分の気持ちを的確に表現してくれない。呼吸をしていない、というだけで、これほどの違和感を覚えるのかと驚いた。死んだ犬に向かって、世界が「出て行け」と言い放っているように思えたのだ。

「朝からずっとここにいたのか」

マコトが声をかけたが、ヨッチは返事をしなかった。時折しゃがんで、動かない犬の腹を指先で撫で、また立ち上がってじっと見下ろす。

そのうち、一台のワンボックス車がやってきて、作業服を着た年配の男が降りてきた。軍手をした両手で合掌《がっしょう》すると、男は持ってきた古い毛布で亡骸《なきがら》を包み、よっ、と持ち上げた。ヨッチは、やはり何も言わなかった。男はちらりと俺たちに視線を移したが、すぐに車に乗り込んで、そのまま去って行った。一瞬の出来事だった。

それからしばらく、ヨッチも俺たちも、その場を動かなかった。今見たものは現実なのだろうか、と、俺は少しだけ混乱していた。今日の朝まではおそらく生きて動いていて、さっきまで体だけはそこに横たえていた犬は、消しゴムで消されるように、存在を失った。オレンジ色の血痕《けっこん》だけが、アスファルトに刻まれていた。

「押ボタンを押せばよかったのに」

唐突に、ヨッチが口を開いた。近くには、押ボタン式の信号があって、色褪せた横断歩道が設けられていた。

「そしたら、死ななくてよかったのに」

だって犬だろ、と答える必要は無いだろうな、と俺は思った。ヨッチは、真っ赤な顔をして唇を結び、気を抜けばすぐに内側から外へ飛び出そうとする何かを、必死に抑え込んでいた。

夕暮れの海と約束のフィルム

◆十六年前　十五歳

もうそろそろ、夕日が西に沈む。空は次第に赤みを帯びてきていた。潮風は冷たいが、それでも心地よかった。一日歩き回って、足が痛い。コンクリートの防潮堤に腰掛けて、横たわる海を見る。海と空の境界線は「水平線」と言うのに、ほんのわずかではあるが、弧を描いているように見える。地球は丸いんだな、と当たり前のことを言いたくなった。

「ねえ、なんでさ」

「うん？」

「あたしたちは一緒にいるのかな」

「別にいいじゃねえか。友達なんだし」

「そりゃそうなんだけどさ。どうしていつも、三人一緒にいるんだろ、って思うんだ」

ヨッチは俺の隣にしゃがみこんで、ね。と同意を求めた。大きくはないが力のある目が、真っ直ぐに西の空を見ている。少し口角の上がった唇はうっすらと開き、感情が溶け出して空っぽになったような表情をする。夕日に染まる横顔を見て、俺は素直にきれいだと思った。

「あくまでも俺は、だけどさ」

「うん」

「マコトと、ヨッチといるときが、一番生きてるって感じがするんだ」

「ドッキリ仕掛けられるから？」

ヨッチは、にっ、と歯を出しながら、俺の顔を覗き込んだ。

「ドッキリに引っ掛かったときは、一番生きた心地がしない」

「冗談。ごめん。なんで生きてるって気がするの？」

「俺の世界は、三人で出来てるから、だろうな」

「だって、キダちゃんは部活だってやってたじゃん。仲悪かったの？」

「そんなことはない。けど、違うんだよ。野球は好きだし、みんないいやつだけど、俺は少しだけズレたところにいて、みんなが作る世界を、近くて遠いところから見ている」

「なにそれ。キダちゃんはバカの癖に時々小難しいことを言うよね」

難しいことを言わないバカを見習いなよ、と、ヨッチは波打ち際を指さす。何が楽しいのか、マコトは、つい先ほどまで足が痛いと騒いで人に負ぶさっていたというのに、何事もなかったように海に向かって砂を投げていた。投げた砂の大半は、海風にあおられて、自分に降りかかる。俺は、ヨッチが転校してきた日に砂の掛け合いをしたことを思い出して、思わず口元を緩ませた。くだらない意地の張り合いをした頃が懐かしい。あの頃に比べれば、少しばかり大人になってきて、いろいろ小難しく考えるようになっているのかもしれない。

「笑わなかったんだ」

「誰が？」

「マコトも、俺も。ヨッチが来るまでは」

「どうしてよ」

「ひねくれてたんだろうな。二人とも親戚の家に居候してるだろ。別に冷たく扱われてきたわけじゃねえけどさ、あの頃はガキなりに大人の顔色を窺って、変に大人ぶってたんだ」

「かわいくないね」

「俺たちは他のやつらとは違うんだ、って思ってたよ。ゲラゲラ笑うことなんて絶対になかった」

「キダちゃんが手を叩いて爆笑してるところなんて、未《いま》だにお目にかかったことないんだけど」

「これでも笑うようになったんだ」

「ちょっと、どんだけ無表情なガキンチョだったの」

　ヨッチがやってくるまで、子供らしくふざけ合う、なんてことは考えもしなかった。マコトも毎日ドッキリを仕掛け回ってはいたが、人が慌てる様子を見て笑うというよりは、人のリアクションをじっと観察していたように思う。自分と世界とのつながりを探し回って、結局その遠さにがっかりする。幼い頃の俺たちは、それを何度も繰り返していた。

「親が死んでさ、自分の根っこを失くしたんだと思うんだよ」

「根っこ、ね。なんかわかる気がする」

「マコトもきっと、同じだ」

「あたしも、そうだね」

「支えてくれるものが失くなって、今にも倒れそうな二人が、お互い寄りかかってたんだと思うんだよな。でも、二人だとぐらつくだろ。いつか、バランス崩して倒れるんじゃないかと思って、怖かったんだ。そこに、ヨッチが来た」

「いい具合に収まった、のかな」

「えらい金髪で、噛み付きそうな顔した女が、すぽん、とさ。また辛気臭いのが入ってきて、どんどん俺たちは泥沼に沈んでいくのか、と思ってたら、そんなことなかった」

「なんで？」

「笑うだろ、ヨッチは。根っこがなくてもこんなに笑えるのか、と思ったんだ。安心したんだ」

「なんか、そう言われるとくすぐったいんだけど」

ヨッチはどこか嬉しそうに見えた。

「居心地がいいんだ、とても」

「でもさ」

「うん？」

「一日あれば、世界は変わっちゃうんだよ」

そのまま、少しの間会話が止まった。二日あったら、宇宙がなくなってもおかしくない。このまま、変わることなく世界が続く保証など、どこにもなかった。俺たちの前には薄ぼんやりとしてつかみ所のない未来が横たわっていて、その先に何があるのかを見せてはくれない。

「大丈夫だよ」

「ある日はっと気づくと、そういや昔、よく一緒につるんでた女がいたけど名前なんだったっけ、って悩んだりすることないかな」

「俺が？　ヨッチのことを？」

「マコトも」

「ないな」

俺が即答すると、ヨッチは驚いたようにこちらを見た。

「言い切ったね」

「たとえ世界中の人間がヨッチを知らないと言っても、俺とマコトだけは絶対に忘れることなんてない」

「ほんとかなー」

「ほんとだよ」

「絶対？」

「絶対だ」

「約束？」

「約束だ」

ヨッチは、今にも泣き出しそうな顔をして笑った。そして、照れ隠しなのか、俺の二の腕を拳で小突いた。

「ねえ、写真撮ろうよ」

「写真？　なんでまた急に」

「証拠だよ証拠。キダちゃんがあたしのことを忘れたら、ずずいとつきつけてやる用」

「カメラなんて持ってるのかよ」

ヨッチはよれよれのカバンをまさぐると、じゃん、と両手で小さなトイカメラを取り出した。片手に収まるサイズの、かわいらしいフィルムカメラだ。

「こんなちゃちいので撮れるのか」

「意外と撮れちゃうんだね、これが。でも早く撮らないと日が落ちて真っ暗になりそう」

ヨッチは、大声で波打ち際のマコトを呼んだ。

＊＊＊

夕暮れの海を眺める数時間前、俺たち三人は、何をするでもなく教室に残り、校庭で生き生きと動き回るサッカー部の連中を目で追っていた。テスト期間の最終日、午前中で試験は終わって、教室には他に誰も残っていなかった。静けさに体が慣れ切って、頭の中が空っぽになっていた。急にパンッ、という音がして、色とりどりの紙テープが俺を目掛けて飛んでくる。

俺は、思わず立ち上がろうとしたが、座っていた椅子にかかとを引っ掛け、そのまま尻餅をつく形でいくつかの机を巻き込みながら後方に転倒し、また「ふわあ」と声を上げた。

「お前がビビってどうすんだよ」

マコトは、ヨッチがトイレに立った隙に、机の側面に掛けてあるヨッチの通学用カバンにドッキリスト御用達《ごようたし》のパーティクラッカーを固定し、延長した点火用の紐《ひも》を机のフックに結んでいた。何も知らないヨッチがカバンを持って立ち上がると、紐が引っ張られて音が鳴る仕組みだ。アイツは俺が唖然《あぜん》とするほどの手際のよさでセッティングを完了し、何事もなかったように元の位置に戻っていた。

ヨッチはなんの前触れもなく「そろそろ帰ろ」とカバンを持ち上げた。完全に意表を突かれた俺は、仕込みを一部始終見ていたにもかかわらず、いつも通り全力で驚いた。本来のターゲットであったはずのヨッチは、特に驚いた様子も無く、カバンからはみ出した紙テープを無造作に巻き取っていた。

「くっさい」

ヨッチは火薬の臭いに顔をしかめると、クラッカーの残骸《ざんがい》をマコトのカバンに突っ込んだ。俺はようやく上体を起こし、激しく拍動する心臓を落ち着かせようと呼吸を整える。

「おかしいだろ」

「なにが？」

「ヨッチは油断した状態でカバンを持った」

「そうだけど」

「マコトの作戦通り、クラッカーが派手に鳴って、紙テープが飛び出してきた」

「意外とデカい音したね」

「なのに、なんでヨッチは平然としていて、俺がひっくり返ってるんだ」

キダちゃんのビビりっぷりがどうしようもないからだよ、と言い捨てるヨッチに、いやいやいや、と食い下がる。普通ビビる。ひっくり返らないまでも、女子らしく悲鳴くらいは上げて欲しい、と、文句を言っていたつもりが、いつのまにか懇願《こんがん》になっていた。いつもは俺のビビリを笑うマコトも、今日ばかりは全面的に賛同してきた。

「かわいげがねえんだ、かわいげが」

ヨッチに仕掛けるドッキリがことごとく失敗するせいか、マコトは口を尖らせて拗《す》ねる。

「なにそれ、失礼しちゃうんだけど」

ヨッチはわざとらしく、やだー、こわーい、などと言いつつ両手の拳を口元に当て、大げさに首をかしげた。

「色気もなにもあったもんじゃねえな」

「その上、胸もねえな」

うっさい、とばかり、ヨッチはようやく立ち上がった俺の尻を蹴り飛ばす。マコトは蹴られる前に黒板の近くまで離れて、このド貧乳！　と品のない野次を飛ばした。

「ちょっとさ、あたしだって傷つきやすいお年頃なんだからさ。色気がないだの貧乳だの」

もうすぐ中学を卒業して高校生になろうというのに、このノリは小学校の頃と大差ない。このままずっと変わらないのではないかとさえ思うが、卒業後はいよいよ進路が分かれる。まさかそれでぷつりと繋がりが切れるわけではないだろうが、今までのように四六時中一緒にいるというわけにはいかない。

マコトは、中学卒業までに一回くらいヨッチをドッキリさせてやる、と意気込んでいたが、この様子では骨折り損に終わりそうだった。どれほどアイツがドッキリを仕掛けても、ヨッチが悲鳴を上げて騒ぐところを、俺たちは一度たりとも見たことがなかった。

「もう少しこう、驚いてもいいだろ」

「もっとちゃんとしたドッキリを仕掛けてきてよ、じゃあ」

「なんか、苦手なもんとかねえのかよ。見ただけで飛び上がるようなさ」

「ドッキリストにはプライドってもんはないの？」

もはやプライドとか気取っている場合ではないんだ、とマコトは唇を噛む。

「幽霊とか、ホラー映画とかさあ」

「この歳で幽霊が怖いとか言う人の方がどうなのよ」

いや、十五歳になっても怖《こえ》えけど。と俺は横から答えた。

「それはキダちゃんがおかしいんだって」

「虫は？　ゴキブリとかさ」

「さすがに触りたくないけど、新聞紙で叩き潰すとかは平気」

今度はマコトが顔を引きつらせて、虫は無理だ、と首を振った。ヨッチはなんかあるかなあ、と口をぽかんと開けつつ、再び椅子に腰掛けた。マコトがかかとを踏み潰した上履きをぱたぱたさせながら、隣の席に戻ってくる。

「一個くらいあるだろ、苦手なこととか」

考えるにつれ、ヨッチの顔が少しずつ真顔になっていった。笑顔ではあるのだが、明らかに表情は沈んでいるように見えた。

「苦手なことは、人の目を見ることかな」

少し考えた後、ヨッチは前を向いたまま、そう言った。

「キダちゃんとマコトは平気だけどさ」

「なんでだよ」

「それがなんでだかわからないから不思議だよ」

人だと思ってねえんだろ、とマコトが歯を剥《む》く。ヨッチはそんなことないよ、と微笑《ほほえ》んだ。

「人だと思ってるけど、人間扱いしてないだけ」

「そういうのを人だと思ってねえと言うんだ」

「そうだ。基本的ナントカってやつを守れよ」

「マコトが、そのナントカの部分を言えるようになったら考える」

じゃあ無理じゃねえか、と俺たちは簡単に諦めた。基本的ナントカ、はつい先ほど公民のテストに出たばかりだったが、もう忘れている。

「もっとこう、弱点を晒《さら》せよ、弱点をさあ」

「弱点、なんて普通みんなある？」

「マコトはバカで、異常に空気が読めない」

「こいつはバカな上に人間国宝レベルのビビリ症」

ヨッチは噴き出すと、「うぇっへ」「ぐふうふ」といった、知性や色気とは無縁の笑い声を上げた。ひとしきり笑うと、照れ隠しのつもりか、俺の二の腕の辺りを拳で小突いた。

「なんか、怖いものはねえのか」

「怖い、ねえ」

「無条件で怖いものとかあるだろ、普通さ」

「怖いっていったら、忘れられること、かな」

「忘れられる？」

「忘れられるっていうかさ、自分の存在自体が消えていっちゃうとか、消されていっちゃうとか」

「そりゃ意外だな」

「そう？」

ヨッチは、あまり自分から人に近寄ろうとはしない。俺たちとは積極的に話もするが、他の人間が話しかけても、まずまともな返事はしない。せいぜい、愛想笑いを浮かべつつ相槌《あいづち》を二度三度打って適当に言葉を返すくらいで、後は自分の殻に閉じこもってしまう。

誰にも干渉されず、誰からも気にされず、ただ穏やかに中学生活を全うして、卒業する。同窓会に呼ばれたりするのは億劫《おっくう》で、卒業アルバムにも載りたくない。そうやって、クラスの中心から外れた場所が、ヨッチにとって一番居心地のいいところなのだ、と思っていた。それだけに、「存在を消されるのが怖い」という言葉は意外だった。

「忘れられることが怖いからさ、最初っから近づきたくないんだよね」

「どういうことだ」

「少しでも付き合いのあった人に忘れられたらさ、ああ、なんかその人の世界にあたしは必要無かったんだな、価値無いんだな、って思うじゃん。けど、そもそも近寄らなければ、忘れられることも、存在を消されることもないじゃない？　元々その人の中にいないわけだから」

「気にしすぎじゃねえか」

「そう、なのかなあ」

「そうだよ。少なくとも、俺の中からは消えそうな気配がない」

言ってから俺は、なんだか誤解をされそうなことを言ったのではないかと後悔し、慌てて「いや、そういう意味じゃねえけど」と付け加えた。幸運なことに、マコトもヨッチもどういう意味？　と聞いてくることはなかった。ヨッチは小さな声で、だといいな、とつぶやいた。

「小学校のとき、いじめられてたって言ったじゃない？」

「ああ、うん」

「最初はさ、悪口を言われるとか、足を引っ掛けられるとか、そういうのなんだよ。二、三人がさ、結構面と向かっていろいろやってくるの。いきなりひっぱたかれたこともあるしさ、椅子を投げつけられたりとか」

「ひでえな」

「それがだんだん、誰があたしをいじめてるのかがわからなくなってくるんだ。いつのまにか教科書に死ね、って書かれるとか。靴の中に画鋲《がびょう》いっぱい入れられるとか。体操着を切られるとか」

俺は聞いているだけで胸くそが悪くなって、ヨッチから目を逸らした。辛い過去を、ヨッチはとても淡々と話す。それが、俺には痛くて仕方がなかった。もっと辛そうに話してくれるのならば、励ましも出来る。慰めも出来る。だが、ヨッチは少し遠い目をするだけで、表情を変えない。

「最後はさ、無いもの扱いされる。教室のあちこちにあるあたしの名前は油性ペンとかで完全に潰されて、机や椅子もどこかに持っていかれてさ。誰も話しかけてくれないし、教室には居場所がない。先生も助けてくれない。教科書も切られるか捨てられるかしてるから、あたしは教室の角《すみ》で、床に座って一日を何もせずに過ごすしかない」

「おかしいだろ、そんなの」

「なによりもそれが怖かったんだよね。蹴られたり殴られたりってのも怖かったけどさ、その方がまだましだ、って思うくらい。あたしの何もかもが消されて、世界中の人があたしを知らない、って言ったら、どうすればいいんだろうって思ってさ」

「なんでそういうことをするんだろうな、人間っつうのは」

「わかんない。多分、最初は誰かになんかマズいことをやっちゃったんだか言っちゃったんだかしたんだとは思うんだ。思い当たることはないんだけど。でも、こっちが全然気にしてないことが、相手には滅茶苦茶ムカつくことだったりすることもあるわけじゃん。だから、あたしは何も悪くない、とは言えないんだけどさ」

「なんだよ、ヨッチも結構バカだな」

　マコトはヨッチの前に仁王立ちし、仏頂面でそう言い放った。

「なんでよ。何がバカなのよ」

「いじめられる方が悪いなんてことは、一ミリたりとも、絶対にねえんだよ」

「いや、でもさ」

「ムカつくところがあったんならさ、お前のそういうとこムカつくぜ！　バーカ！　って言って終わりでいいじゃねえか。別に、周りを巻き込んでネチネチやる必要なんてあるかよ」

「そうかもしれないけど」

「いじめられる方も悪い、なんて言う奴がいたら、すかさずぶん殴ってやるけどな、俺は」

「殴るのは絶対だめでしょ」

　蹴るのはいいのか、と俺は抗議するが、キダちゃんはケガしなさそうだからいいじゃんか、と軽くあしらわれた。

「傷つけた方の人間は傷つけたことなんかすぐ忘れるけど、傷つけられた人間は、いつまで経っても忘れられないんだから」

マコトはしばらく視線を外に移し、何か考えている様子だった。

「なんか、腹立つよな」

「なにが？」

「誰か傷つけたってことを忘れるやつとか、ムカつくだろ」

「そりゃまあ、そうだな」

「そのままなかったことにされるのか」

「まあ、そうなることもあるんだろうな」

マコトは唐突に立ち上がると、じゃあ行こうぜ、とヨッチの腕を摑んだ。

「行こうぜ、ってどこによ」

「前の小学校だよ」

冗談でしょ、と言うヨッチに、マコトはにこりともせずに「本気に決まってんだろ」と返した。

「なにしに行くつもりだ」

「忘れんじゃねえよ、って言いにだよ」

「誰にだ」

「誰かにだよ」
「今からか」
「今からだよ」

ヨッチが前に住んでいたのは、俺たちの住む町から少し離れた、海にほど近い小さな町だった。俺とヨッチはマコトに半ば強引に教室から追い出されると、バス、電車と乗り継ぎ、一時間ほどゴトゴトと鈍行列車に揺られた。程なく、のんびりとした雰囲気の駅に到着し、三人そろってホームに降り立った。ヨッチは懐かしいふるさとに帰ってきたという雰囲気はまるでなく、表情こそ変えなかったものの、少し体がこわばっているように見えた。

駅前は煤《すす》けたロータリーにタクシーが二台ほど停まっているだけで、人の姿はあまりない。ちらほらと住居があり、昼間からシャッターの閉まった電器店だとか、薄暗いクリーニング屋や、聞いたことのない名前の小さなスーパーが見えた。ヨッチは左右を見渡し、知っている顔がいやしないかと警戒しているようだった。

「別に、嫌なら来なくてもよかったんじゃねえか」

ヨッチは俺の言葉に首を振った。

「なんか、嫌だ、って言うのも嫌じゃん」

「なんでだよ」

ヨッチは負けた気がするから。と一言だけ返し、初めての場所で土地勘もないくせに先陣を切ってずかずか歩き出したマコトを、そっちじゃないよ！　と、止めに走った。

ヨッチがかつて通っていたという小学校は、駅から歩いて三十分ほどかかる、ちょっとした高台にあった。下校時間前なのか、校門付近には子供たちの姿はなかった。小学校前の道路からは、白いガードレールと緑色の金網フェンス越しに海が見えた。俺たち三人はガードレールの上によじ登り、フェンスのてっぺんに肘を掛けて、海を見下ろした。別に何を話すわけでもなく、少し肌寒くなってきた風を顔に受けて、ただ、立っていた。

ヨッチが地獄のような時間を過ごしたそこは、どうしようもなく穏やかで、平和だった。俺は、小学校の窓ガラスが悉《ことごと》く割られて破片が散乱しているとか、ガラの悪い人間がぞろぞろと群れているだとか、ひどくすさんだ場所であって欲しいと願っていたのかもしれない。でも、現実はそうではなかった。

「随分のんびりしたところだな、おい」

「ちっちゃい町だもん」

「いるだけで眠くなるな」

「それは言い過ぎ」

町はヨッチのことなど何も知らないとでも言うように、歓迎も拒絶もしなかった。数年前、一人の少女が自分を否定され、存在を消されながら、歯を食いしばって生きていたことを覚えているだろうか。そんな後ろめたさは、どこにもありはしなかった。むしろ、どうです、平和でのどかなよいところでしょう、と穏やかに笑いかけてきている。俺は、大声で叫びたくなった。バカ野郎、でも、ふざけんな、でもいい。この平和な空気にヒビを入れてやりたかったのだ。マコトも同じことを考えていたのか、おもむろにカバンからロケット花火を一本取り出して、落ちていた空き缶に突き刺すと、ライターで火をつけた。程なく、甲高《かんだか》い飛翔音がして、次に火薬が爆《は》ぜる音がほんの少しだけ、空気を揺らした。

ガードレールから下り、特筆すべきものが何もない道をだらだらと歩き、帰路につく。結局、なすすべはなかったのだ。マコトが辛うじて放った一矢も、どっしりと重みのある平和の前では無力だった。俺は、ここに来ることで何かが変わるのかもしれない、という期待を少しだけ持っていたのだが、全くの空振りに終わった。これでは、ただヨッチの古傷をえぐっただけなのではないか、と後悔もした。

小学校から緩やかに続く坂道を下っていると、背後から人の声がした。振り返ると、ヘルメットも被らずに原付バイクにまたがった茶髪パーマの男と、自転車に乗ったボウズとメガネの二人が行儀悪く並走しているところだった。三人は楽しげに何かをしゃべりながら、俺たちの横を通り過ぎていった。歳は俺たちと同じくらいだろうか。見るからに不良、というわけではないが、素行がよさそうにも見えなかった。

「おい、ヨッチ」

不意に、マコトの声が聞こえて、俺は立ち止まった。惰性に従って歩いてしまっていたが、見れば、数メートル後ろでヨッチが立ち止まっていた。

「ウンコでも漏れそうなのか」

マコトはかかとを踏み潰したスニーカーを引きずってヨッチに近寄る。ヨッチは口元にだけうっすらと笑みを浮かべて、首を横に振った。目は見開いたまま遠くを見ていて、両手はカバンを握り締めている。ほんの少しだが、体が震えていた。

「おい、どうした、大丈夫か」

俺がヨッチの細い肩に手を置くと、体全体が縄を引き絞るようにぎゅっと縮むのがわかった。視線の先には、何もない、なだらかな下り坂が続いている。

「さっきのやつか」

マコトは、ヨッチの横に立ち、やはり視線を追ったようだった。

「どいつだ？　ノーヘルのやつか」

ヨッチはこくんと小さく頷く。

「間違いねえか」

ヨッチは再び、こくん、と頷いた。

「ビンゴじゃねえか」

マコトはヨッチの背中を強めに叩いて、行こうぜ、と声を張った。ヨッチは半ば呆然《ぼうぜん》としながら、いや、いいって、と辛うじて答える。

「何言ってんだよ。行こうぜ」

「行ってどうすんだよ」

返事に困っているヨッチを見兼ねて、俺は横から割って入る。

「決まってんじゃねえか。忘れんじゃねえよバカ、って言うんだろ」

「いいよ、そんなの」

ヨッチは顔を引きつらせて、一歩下がる。

「よくねえだろ」

「いいってば」

「なんだよ、怖いもの知らずだろ、おまえは」

怖い、とかじゃなくってさ、と、苛立ちを含んで吐き出されたヨッチの言葉には、いつもの覇気がまるでなかった。単純な恐怖ではない、もっと根の深い感情がヨッチの足首を押さえ、喉を摑んでいる。

「あの茶パーマにも、いろいろやられたわけだろ」

小さな田舎の住宅地だ。人が通る道も集まる場所も限られていて、地元にとどまる人間も少なくないだろう。かつてのクラスに三十人程度の人間がいたのなら、一人くらいは出くわしてもおかしくない。マコトはそう考えてここに来た。だが、アイツの言うように「忘れるんじゃねえ」と文句をぶつけたところで、それでヨッチが救われるのかはわからない。第一、平和に終わる気がしない。

「でも、あいつが首謀者ってわけでもなくってさ」

「いいんだよ、誰でも」

「誰でも、って」

「じゃあ、俺がガツンと言ってくるからな」

「おい、ちょっと待て」

俺の制止も聞かず、マコトは靴のかかとを直し、思い切り走り出した。少し行ったところで路肩に放置されている錆びついた自転車を見つけて、引っ張り起こす。アイツはいつ車輪がはずれてもおかしくない車体に鞭打《むちう》って、あっという間に視界から消えていった。

「おい、行こうぜ」

まだ固まっている肩を揺すり、手を引くが、ヨッチは動こうとしない。少し体温の低い小さな手が、ぎゅっと握り返してくる。

「なんでアイツはこう、無茶するんだ」

ヨッチは小さくごめん、と言って目を伏せた。

「謝るなよ、バカ野郎。とにかく、アイツを追わねえと」

絶対に無茶するに決まってる、とため息をつく。ヨッチは目を閉じ、音を立てて二度、三度と深呼吸をした。

「走る」

ヨッチは自分に言い聞かせようとしたのか、手を挙げてそう宣言すると、唐突に走り出した。肩口で切りそろえられた髪をなびかせて、長い坂を駆け下りる。迷いのない全速力は、思った以上に速かった。俺は慌てて後を追った。

少し走っては辺りを見回し、完全に見失ったアイツの背中を探す。十分ほど走り続けると、ヨッチの息が明らかに切れて、足が動かなくなってきた。そのまま走らせていたら、足がもつれて転びそうな気がして、俺はヨッチを止めた。

「大丈夫か」

「大丈夫」

「無理すんなよ」

しっ、とヨッチが俺の口に手を当てた。黙れ、ということらしい。ヨッチは手を当てたまま、耳をそばだてる。

「聞こえない？」

人気《ひとけ》のない住宅街はしんと静まり返っている。何も、と言いかけて俺は口を閉じた。かすかに音が聞こえる。人の声、だろうか。

「あっち」

ヨッチが声のする方向を指さした。急がなければならない。聞こえてきた音は、おそらく、複数の人間の怒号だ。

直角に交わる道路が縦横に入り組んだ住宅街を駆け抜けて、小さな児童公園に辿《たど》り着いた。前には見覚えのある原付バイクと、何台かの自転車が停まっている。聞こえていたはずの騒ぎ声はすでにやんでいた。

公園の入口から敷地内に駆け込むと、少年野球くらいは出来そうな広場の真ん中に、見覚えのある三人が立っていた。息を整えながらゆっくりと近づく。三人がこちらに気づいて、一歩後ずさりした。足元には、砂まみれになった何かが転がっている。

「なんだよてめえは」

「連れだよ、そいつの」

マコトは三人の足元に倒れ、右腕を押さえて丸まっていた。よほどひどくやられたのか、倒れたまま起き上がろうとしない。

「こいつが急に殴ってきたんだぜ」

原付に乗っていたパーマが、口元の血を拭う。俺が悪いんじゃない、と言いたいのだろう。

「いきなり殴りかかったんじゃなくて、そいつはお前に何か聞いただろ」

三人は顔を見合わせる。

「だったらなんなんだよ」

「いじめるやつといじめられるやつ、どっちが悪いと思う？　とかな」

「だから、なんなんだよ。おまえどこのやつだよ、その制服」

「お前は、いじめられる方が悪い、とか言ったんだろ」

「言ったらなんだってんだよ」

そいつはその言葉を聞くとすかさず殴りかかる危険人物なんだよ、と俺は苦笑いする。

「で、なんだ。てめえもやんのかよ」

「ケンカするつもりじゃねえよ」

「あんまりナメてっと殺すぞ、おめえ」

脇から、ボウズがヨタヨタと近寄ってくる。使い古されたセリフを臆面《おくめん》もなく吐くところを見ると、どうもこいつが一番ケンカ慣れしていそうだな、と感じた。パーマはやんちゃそうではあるが、線が細くて力は無さそうだ。もう一人のメガネは、きっとケンカなどしたこともない普通の中学生だろう。落ち着かない様子で、二人を前に出し、立ち位置的にも精神的にも、一歩引いている。

「まあ、いきなり悪かったな。ケガでもしたか」

「口切れてんだけど。どうしてくれんだよ」

「どうしてくれんだも何も、充分殴る蹴るしたろ」

「充分じゃねえよ、まだ足りねえんだよ」

パーマはマコトにもう一発軽い蹴りを入れる。

「マコト！」

遅れてきたヨッチが公園に飛び込んできたのは、ちょうどそのときだった。マコトの名前を叫びながら、半狂乱で駆け寄ろうとする。俺の横を走り抜けようとしたところで腕を引っ摑み、無理矢理引っ張り戻す。

「ちょっと、キダちゃん！　放してって」

「その茶頭で間違いねえな？」

「そうじゃなくて、マコトが」

「間違いねえんだな？」

ヨッチは、そうだけど、もういいよ！　と怒鳴る。俺はマコトに駆け寄ろうとするヨッチをもう一度止めた。

「おい、茶パーマ」

横たわっていたマコトがゆっくりと上体を起こす。鼻血が出ている。紺のブレザーは砂で真っ白になっていた。

「なんなんだよマジで。面倒くせえな」

「覚えてるだろ？」

「は？」

「そいつだよ。その小生意気そうな女だよ」

「知らねえよ」

マコトは立ち上がると、アザと砂と血で様変わりした顔をパーマに向けた。

「知らねえとか言うんじゃねえよ」

マコトの目の奥にある深い漆黒《しっこく》を見たのか、多少気圧《けお》されたパーマは、舌打ちをしながらもう一度ヨッチを見た。そして、一瞬目を見開き、低く、あぁ、とつぶやいて、気まずそうに視線を外した。

「名前は忘れたけど」

「ちゃんと思い出せよ」

「関係ねえだろ、てめえによ」

マコトはおい、と怒鳴りながら摑みかかる。ボウズとメガネが拳を振り上げる前に、俺はマコトとパーマの間に割って入り、マコトを押し留《とど》める。

「おまえどけよ、おい。そのチビぶっ殺してやるからよ」

「まあ、待てって」

俺がマコトを引き剝《は》がすと、アイツはふらふらと後退し、そのまま尻餅をついた。よく見ると、顔中赤黒く腫《は》れ上がっていて、唇の真ん中が切れて出血していた。かなり殴る蹴るされたらしく、見ていて痛々しい。ヨッチが慌てて助け起こし、ハンカチで出血する口を押さえる。

「なあ、なんでだ」

「あ?」

「なんで、こいつはいじめられたんだ」

「俺が仕組んだんじゃねえよ」

「多少は知ってんだろ」

「なんとなく、そういうことになってたんだよ」

「犯人探してぶん殴ろう、とかじゃねえんだよ。俺たちは理由が知りてえんだ」

「だから知らねえんだって。いつの間にかそんな感じになって、面倒くせえからシカトしときゃいいか、って思ったんだよ。よく覚えてねえけどさ」

もっと殴ったりしてたやついるだろ、そっち行けよ、とパーマは唾を吐いた。言葉に反して、目は少し泳いでいた。多少の罪悪感はあるのかもしれない。

　こいつも、本当は普通のやつなんだろう、と感じた。人を傷つけることをなんとも思わないわけでもなく、家族もいて、他のやつらも同じで、今はそれぞれの世界で普通に存在しているに違いない。関わった全員が、心の中に抱いている罪悪感を揉《も》み消そうとして、ヨッチの存在を無視しようとする。ヨッチは「いなかった」ことになり、いじめは「なかった」ことになる。誰も名前を呼ばない。誰も思い出そうとしない。

「俺だけがいじめたんじゃねえ、で済むことじゃねえだろうが」

　パーマは何か言い返そうとしたが、口ごもった。少しだけ、ボウズとメガネの冷ややかな視線を感じたからかもしれなかった。

「人間てやつは、一度何かを決めて落ち着くと、もう考えることをやめちまう。それがどんなにおかしなことでも、間違ったことでもだ。それは間違ってるだろと言って、白い目で見られるのが怖いんだ。そして、大体同じことを言う」

「なんだよ」

「俺が悪いんじゃねえ、とかさ」

　パーマはばつが悪そうにまた舌打ちをした。先ほどまでの刺々《とげとげ》しく暑苦しい空気は消え、代わりにしらっとした空気が公園に流れ込んできた。マコトは足を引きずってざりっと砂の音を立てながら、パーマの前に立った。

「やられた人間は、おまえら全員の顔を一生忘れねえんだぜ。一生だ。おまえの顔も。

他のやつもだ」

「まあ……、だろう、な」

「こいつを忘れようとするんじゃねえよ、ってことを誰かに言いたかったんだ、俺たちは」

俺は親指でヨッチを指す。ヨッチは、やはりパーマとは目を合わせようとしなかった。地面に目を落とし、下唇をぐっと嚙んで、何かに耐えようとしている。

「わかったよ」

ふてくされながらも、パーマはヨッチに向かって少し動いた。軽くあごを突き出した、といった程度だったが、謝罪の意思表示だったのかもしれない。

「いきなり殴ったのは悪かった」

マコトが素直に頭を下げる。三人はしらけた様子で、歯切れ悪く「まあ、いいけどよ」という感じの雰囲気を醸しだした。

「じゃあ、とりあえずこの場は収めようぜ。握手でもしてさ」

な、ほら、と俺はマコトとパーマを促す。パーマは顔を引きつらせて、なんだそれは、と言いたげだったが、マコトが砂塗《すなまみ》れの右手を差し出したのにつられて、思わず右手を握ろうとした。パーマの手がマコトの手に触れるか触れないか、というところで、急にバチンという派手な音がした。

「痛《い》ってえ！」

パーマが悲鳴を上げて飛び退《すさ》り、右手を押さえて悶絶する。握手や挨拶に見せかけた電気ショックは、マコトの得意技だ。手が触れた瞬間、腰が突っ張るほどの衝撃が走る。マコト曰く「絶妙な具合にコントロールされた」それは、いたずらと言うには強力すぎるが、暴力と言うほど強くはない、というレベルにいつもは設定されているらしいが、今日は違った。激痛のあまり、叫び声を上げたくなるほどのレベルに設定されていたらしい。地べたに這いつくばりながらも、マコトが右腕にお手製の電気ショッカーを仕込んでいるところを俺は見ていた。こんなものを手作りするアイツの技術と執念には脱帽するしかない。

しらけた空気は一変して、またボウズの怒声が響き渡った。マコトはメガネの繰り出した腰の引けた蹴りを食らってよろよろと倒れ、ボウズは右拳を振りかぶり、俺に向かって突進してきた。唸りを上げて飛んでくる拳を避けもせず、前に出て額で受ける。体の奥に響き渡るような衝撃と一緒に、拳から嫌な音が聞こえ、ボウズは右手を押さえてうずくまった。

一番腕っぷしの強いボウズと、リーダー格のパーマがそれぞれやられたのを見て、メガネは完全に浮き足立った。おそらくは指を骨折したであろうボウズが、それでも立ち上がって牙を剝こうとしたところで、背後から「何やってる！　警察呼ぶぞ！」という怒鳴り声が聞こえてきた。いまどき珍しく気骨のある近所のオッサンが、騒ぎに腹を立てて飛び出してきたらしい。メガネは見ていて哀れになるほどうろたえ、わめき散らす二人を引っ張って、早々に退散しようとする。

「ヨッチ！　言え！」

マコトは息を荒げながら上体を起こし、叫ぶ。

「言えよ！　ヨッチ！」

ヨッチは目の前で繰り広げられた殴り合いに驚いたのか、両手両足を突っ張って立ちすくんでいた。口をぱくぱくと動かすが、声は出てこない。

「かませ！」

マコトは必死に立ち上がると、前のめりになりながらもヨッチに近寄り、尻を思いっきりひっぱたいた。そのまま勢い余って転倒し、砂埃を巻き上げる。

「忘れるんじゃねえよ！　バカー！」

マコトの張り手で箍《たが》が弾け飛んだのか、ヨッチは喉も裂けよとばかりに絶叫した。声は届いただろうが、背中を向けて逃げていくパーマは、振り向かなかった。やがて原付と自転車が遠ざかっていく音が聞こえ、公園に静けさが戻ってくる。後には、額を撫でる俺と、大の字に寝そべって動かないマコト、そして放心状態のヨッチが残された。

「おい、大丈夫か、君たち」

頭頂部の薄いスウェット姿のオッサンが、倒れたマコトに駆け寄ってきた。

「すみません、ちょっとカラまれちゃって」

俺はいけしゃあしゃあと嘘をつく。

「ケガしているようだが、病院に行くか？」

「いや、大丈夫です。ちょっと蹴られたくらいなんで。大丈夫だろ、な」

マコトはだめに決まってんだろバカ、と答える。俺はオッサンに、見ての通り大丈夫です、と頭を下げた。

「すみません、ご迷惑をおかけしました」

オッサンも、これ以上関わりたくはないと思ったのか、あんまり騒ぐんじゃねえぞ、と言い残して立ち去った。砂塗れのマコトを助け起こすと、足が痛いと言うので、仕方なく俺が背負うことになった。華奢とはいえ、背中にずしりと重みがかかる。マコトのカバンはヨッチが拾い上げた。

「さっき、何したの」

「さっき？」

「悲鳴上げてたじゃん、あいつ」

「これだ」

俺の背中で、マコトが袖をまくってみせる。

「いつもそんな物騒なもの持ち歩いてんの？」

「こいつの持ち物は、物騒なものしかねえだろ」

「そこまでやらなくてもよかったんじゃない？　なんか、変にまとまってたじゃん、最後。ちゃんちゃん、で終わるかと思ったのに」

マコトはバカ言うな、と人の背中の上で吼《ほ》える。

「あのまま終わってたら、茶パーマは満足しちゃうだろ。自分は謝ったし、いいやつじゃん。みたいなさ。あいつは満足してしゃべらない。世界は固まったままだ」

「固まった？」

「いじめなんかなかったことにしようぜ、ってカチカチに固められてる」

「それと電気ショックと何の関係があるのよ」

「あいつに嫌でもヨッチを思い出させるような、インパクトを与えなけりゃならねえだろ」

「インパクト？」

「つまりは、ドッキリさ」

「そういうもん？」

「殴られた痛みは忘れるが、殴られたということは忘れられねえ。電気の痛みは忘れても、ドッキリに引っ掛かった屈辱はいつまで経っても残る」

その通りだ、一生恨みたくなるな。と俺は頷く。

「茶パーマは、あれでヨッチのことを忘れられねえ。一生な」

「変に恨まれるのも困るんだけど」

「でも、すっきりしたろ」

ヨッチは、まあね、ザマミロとは思ったよね、と正直過ぎる本音をこぼした。マコトはそうだろー、と得意げに大声を出す。耳元で騒ぐんじゃねえ、と俺は文句を言う。

「殴るのは絶対だめじゃねえのかよ」

「人を傷つけたやつにはいいんだよ、何やっても」

なんだその都合のいい解釈は、と俺はあきれた。だが、下手に基本的ナントカを気にするより、ロクデナシはぶっとばせ、と言い切るくらいがヨッチらしい。

「ねね、海を見に行こう」

「海？」

「ちょっと歩くと、海岸に出るんだよ」

「ちょっとってどのくらいだよ」

「十五分くらいかな」

マコトを背負ってんのに十五分歩かせる気か、と言うと、背中で負荷をかけている張本人が、根性なし、と言い放った。

＊＊＊

いよいよ空が夕焼けに染まる中、ヨッチは「遊泳禁止」と書かれた看板の上にカメラを載せようと、懸命にバランスを取っていた。トイカメラが軽いのと、海風が強いのとで苦心しているようだ。俺はマコトと並び、ヨッチから合図が来るのを待っている。

そのうち、ヨッチがいくよー、と大声を出しつつ走ってきて、背中に飛び乗った。マコトはカメラに向かって仁王立ちし、両手でピースサインを作る。俺はマコトの横で、背中にヨッチを背負いながら、控えめに親指を立てた。数秒間そのまま固まっていると、カメラのフラッシュが軽く光り、パシャン、と安っぽい音がした。

「撮れたかな」

「撮れたんじゃねえか」

ヨッチが背中から降りて、カメラを回収しに走る。フィルムカメラだから、俺たちがどう写ったかはまだわからない。ちゃんと焼き増ししろよ、とマコトがヨッチに念押しをした。

「きれいに撮れてるといいねー」

「もうちょっと、海に寄って撮ろうぜ」

「え、いいよ、この辺で」

「なんでだよ。せっかく来たのに」

「下手に近づくと濡れちゃうじゃん」

「多少濡れるぐらいいいだろ。靴脱ぎゃさ」

「いや、だってさ、波に呑まれたらどうすんのよ」

　俺とマコトは、顔を見合わせた。

「こんな浅いところで溺《おぼ》れねえだろ」

「人間、三十センチの水位があれば溺死《できし》できるんだよ」

「それは酔っ払いとかの話だろ？」

「そうなのかな」

　俺たちはもう一度顔を見合わせ、何かを確信したように頷きあう。ヨッチが少し腰を引き、何よ、と警戒しだした。

「まさかとは思うんだけどさ」

「うん、なに」

「泳げないわけじゃないよな」

「泳げ、なくはないよ、うん」

「じゃあ行こうぜ、波打ち際に。夕焼け空をバックにとか、青春だろ」

「いや、べつにそれはいいかなって。ベタ過ぎない？」

「水が苦手、ってことはないのか」

「苦手、っていうかね」

「波が怖い、とか」

「怖い、とかは別にね」

俺たちは交互に言葉をかけながら、次第にヨッチの両側ににじり寄り、二人で挟む形をとった。俺はヨッチの左側に、マコトは右側にポジションを取る。ヨッチは落ちつかなそうにうつむき、両頰にえくぼを浮かべて愛想笑いをした。

「まあ、カメラを置こうぜ」

「え、なんで？　写真撮るんじゃないの」

「だってあれだ、万が一濡れたら困るだろ」

「うん、だから、あんまり海に近づかなければいいんだと思う」

俺はヨッチの左手からカメラを優しくもぎ取り、砂の上に転がされたカバンの上に置く。ヨッチの左腕を持ち上げて、わきの下に自分の腕をもぐりこませた。マコトも、同じように右腕を固定する。

「行くか」

「ねえ、無理だよ？　無理だって」

せーの、と掛け声をかけて、マコトと俺はヨッチの手足を掴んで抱え上げ、一気に波打ち際まで運ぶ。ヨッチは、未だかつて聞いたことがないほどの金切り声を上げ、四肢をばたつかせて暴れた。

「なんだ、あるじゃん、苦手なもの」

「こんなの、ドッキリとかじゃないじゃん！」

俺たちは、ヨッチを前傾させ、ほれほれ、と言わんばかりに海面に近づける。

「もうこの際、ドッキリかどうかってのはいいんだ」

プライドをかなぐり捨てたドッキリストは、悪魔のような笑みを浮かべ、うっとりとヨッチの悲鳴を聞く。

「ちょっと、濡れたら眉毛《まゆげ》が落ちるじゃん！　眉毛なくなっちゃうからヤバいんだってば！」

「大丈夫だ。気にしないから」

「わかった、ごめん！　泳げないの、泳げないんだってば！」

初めて聞くヨッチの悲鳴を堪能《たんのう》した悪趣味な男子二人は、もう充分だろ、とヨッチを抱えて戻ろうとした。だが、転回の途中で急にマコトの足がもつれ、三人とも思い切り頭から海水に突っ込んだ。もう溺れるような深さではなかったが、全員波にさらわれてずぶぬれになる。足が痛《いて》えなら無理するんじゃねえよ、と、俺は笑いながらマコトの頭をひっぱたいた。

「もう、最低！　この恨みは一生忘れないからね」

おう、一生忘れんじゃねえよ、と俺たちは親指を立てた。翌日は三人とも高熱を出し、揃《そろ》って学校を休むことになったが。

断片(6)

自分の部屋は、あまり好きではなかった。殺風景で、何故かいつも冷たい。七畳半の広さの中に、シングルベッドとテーブル、小さなソファが置いてあって、後は何も無い。テレビも無ければ、冷蔵庫も無かった。

俺は、コンビニで缶ビールと小さな弁当を買ってきて、ソファでもさもさと食らう。食い終わると、缶と弁当ガラをゴミ袋に突っ込み、シャワーを浴びる。後は寝るだけだ。

日が変わる前にベッドに潜り込み、携帯をいじって仕事の依頼メールを確認する。翌朝は六時に起きて、一時間ほど近所を走り、三十分間の筋力トレーニングをする。もう一度シャワーを浴びて、地味な服に着替え、仕事がある日は仕事に行く。場合によっては、泊まりになることもあった。そのほうがいい。ホテルの部屋は、人の手が入っていて温かい。

仕事が無い日は、適当に近場をぶらつき、大体はパチンコで時間を潰す。別に、勝たなくてもよかった。逆に、勝ってしまうと、どうしていいかわからなくなる。換金所で欲しくもない金を受け取り、折りたたんでポケットに突っ込む。ホームレスや募金箱を抱えた人間が運良く見つかれば、ポケットの金を全部引き取ってもらった。

煙草の煙を吸い込むと、ほんの少しだけ、生きている気がした。缶ビールを飲むときも、少しだけ生きている感じがする。俺はどうも、血管が拡張したり収縮したりして心臓に負担がかからないと、生の実感が湧かないらしい。

そろそろ、また冬が来る。夜空には、もうオリオン座の姿があった。星座はそれくらいしか知らない。

白い街灯の光の下で財布を引っ張り出し、中から折りたたまれた紙切れを取り出す。宇宙から見たらゴミクズのように小さく、名も無き俺の世界は、もはや断片しか残っていなかった。

俺の断片をまた財布に戻し、歩き出す。俺は、何故歩いて、食って、寝なければいけないのだろう、と思っている。

見下ろす夜景と見上げる灯り

◆四ヶ月前　三十歳

高いところから見た世界は、なんだかとても小さく、美しいものに見える。蟻《あり》サイズの小さな人間がもぞもぞと蠢《うごめ》く下界を、神様気分で見下ろしていると、自分が天上にいるのだと勘違いをしてしまいそうになる。バカと煙は、とはよく言ったものだ。

眼下では、車のヘッドライトが血流のように絶えず流れ、無数の光が見渡す限りのすべてを埋め尽くしている。世界は生きていて、時間は澱みなく動いている。だが、自分の世界がその中で生きて動いているとは思えなかった。

もう、約束の時間からたっぷりと二時間は待たされていたが、不思議と怒りや苛立ちを感じることはなかった。見晴らしのよい、開放的な応接室が気に入ったということもあるし、マコトの秘書が申し訳なさそうに出してくれた、ホットコーヒーの香りが実に良かったということもある。

「すみません、もう少しで小野瀬《おのせ》も戻ると思いますから」

「ああいや、いいんです。暇ですから」

秘書の女は、ポーション・ミルクとブラウン・シュガーの入った小瓶を差し出すと、知的で、かつ感じのよい笑顔で一礼し、フロアを後にした。高級感のあるソファに身を預けると、デスクの上に置かれた時計が目に入った。時間は無為に過ぎていく。青い光で照らされるデジタル数字は、休むことを知らない。これじゃ、あっという間に歳を取って、あっという間に死ぬだろうな、と独り言を言うと、そういうところが、おっさん臭いよ、仙人。というからりと乾いた声が聞こえた気がした。

高いところに居座って、特にすることもなくぽかんとしているやつがいたら、それは確かに仙人かも知れない。口に含んだコーヒーは、香ばしい香りだけを残して消えた。

＊　＊　＊

ネオンサインの溢れる歓楽街の狭間《はざま》に力なく座り込んだアイツは、壊れた玩具のようだった。着ている服は泥だらけで、ところどころに血がついていた。マコトの顔半分は痛々しく腫れ上がっていて、笑っているのか泣いているのかもわからない。もう半分の、辛うじて原形を留めた顔で、アイツはニヤッと笑ってみせた。

マコトがＪＩＭを辞めて姿を消してから、もう半年が過ぎていた。アイツが東京にいるとの情報を掴むと、俺はその日のうちに電車に飛び乗って、ここまでやってきた。情報は恐ろしく正確だった。生きているのかさえわからなかったアイツは、いとも簡単に見つかったのだ。

再会は、思ったよりも静かで、淡々としていた。俺にまとわりついていた雑踏は遠くに引いていって、時間がゆっくりと動きを止めた。夜空を塗りつぶすようなネオンの洪水も消え失せ、真上にある街灯だけがすべてを照らしていた。俺たち二人はまた、名前も無い世界に取り残されていた。

「なんだよ、ぼーっと見てるなら、手を貸してくれ」

別人かと思うほどボロボロの顔とは相反して、少し高い声はいつものマコトだった。

「痛そうだな」

「痛いさ、そりゃ」

「誰にやられたんだ」

「ボブだよ、ボブ」

「誰だよ、ボブ」

「お前みたいなガタイの黒人だよ」

「黒人の名前がみんなボブだと思ったら大間違いだ」

「いちいちうるせえな、こっちは頭がふらついてどうしようもねえんだよ」

ボブ的なやつに思いっきりぶん殴られたんだからな、と、アイツは身動き一つできないくせに悪態をつく。腕はもしかすると折れているのではないかという腫れ上がりようだが、両手にはしっかりと札束が握りしめられていた。

「殴られるようなこと、したんだろう」

「ああ、まあ、したけどな。そりゃしたよ」

「やめとけよ」

「まあ、金稼ぐ、ってのは大変なんだよ」

「なんのために、金稼いでるんだ」

「そらお前、決まってんだろ」

プロポーズ大作戦だよ。と、アイツは口を尖らせた。

「バカ言うな」

「言ってない」

「言ってるだろ」

「言ってねえよ」

俺はマコトの背中に手を回して担ぎ上げた。華奢なアイツの体は、驚くほど軽い。俺の体格が比較的いいということもある。自惚《うぬぼ》れではなく、並の人よりは力もある。だが、アイツの手から札束をもぎ取れる気はしなかった。

「こっち来て知り合ったジジイがいてさ」

「ジジイ？」

「末期がんで、余命半年なんだってよ。好き勝手したせいで、家族には逃げられ、っていう孤独なジジイ」

「そのジジイがどうしたんだ」

「ジジイのくせに、会社社長なんだってよ」

俺は、会社社長の大半はジジイだろ、と返した。

「ワインの輸入業とかやっててさ、結構儲かってるらしい」

「そうか」

「でだ、どうせがんで死ぬ、家族もいねえ。だから、会社を丸ごと売ってやる、と言ってきた」

「眉唾もんだろ、そんなの」

「いや、あのジジイは冗談言ってなかったね」

「どうだか」

「俺は、その会社を買う。そのためには、ジジイがくたばる前に、四千五百万用意しなきゃならねえ」

「四千五百万、半年でか」

「下手すると、もっと早いかもしれねえ。何しろ、あのジジイ俺と話しながら血ぃ吐いてやがったし」

「どこにそんなジジイがいたんだ」

バカラ賭博場《とばくじょう》、とマコトは照れくさそうに言った。照れるとこじゃねえだろ、と俺はため息をつく。

「これから死ぬジジイに、四千五百万必要か」

「墓代だろ」

「古墳でも作るつもりかよ」

「まあ、俺が本気か、見ようとしてるんだろうな」

「だいたい、ワインの会社って、お前酒飲めねえじゃねえか」

「酒飲めねえと社長になれねえのかよ」

「そうじゃねえけどよ」

マコトは、俺の肩にもたれかかり、足を引きずりながら、それでも歩き出した。

「もうさ、やめにしようぜ、プロポーズ大作戦は」

「なんでだよ」

「意味がねえだろう」

「あるよ。俺のドッキリストとしてのプライドがかかってんだぞ」

お前のドッキリストとしてのプライドに意味がねえんだよ、とあきれてツッコむ。マコトは切れた口内が痛むのか、唸るだけで反論はしなかった。

「手伝いたいんだろ、お前はさ」

「逆だ。俺は止めに来たんだ」

マコトは脇腹がいてえと呻きながらも、げらげらと笑った。

「そんなはずねえ」

「なんでだ」

「じゃあ、お前、俺がここにいるって、どうやって調べたんだ」

どうやってって、いろいろやったんだよバカ野郎、と俺は茶を濁す。頭には、人のよさそうな川畑の顔が浮かんだ。

「ほんとに俺を止めようと思うんだったらさ、お前は何もしないだろ」

「何もしない？」

「俺一人じゃ、どうにもできねえじゃねえか」

バカなんだしさ、とアイツはクソまじめに言った。俺は堪えきれずに噴き出す。

「自分がバカだと気づいてるなら、俺が思っているより少し賢い」

「お前は、どうやったか知らないが、必死に俺を探して、会いに来た。手伝う気マンマンでな。どうせいつかくるだろうと思って、とりあえず金だけ稼いで待ってたんだよ」

勝手なことを言うんじゃねえよ、と抗議すると、アイツは珍しく素直に悪ぃ、と謝った。

＊　＊　＊

「悪ぃ」

言葉とは裏腹に、悪びれもせずマコトが現れたのは、コーヒーから立ち上る湯気が消え、二本目の煙草を揉み消した頃だった。眺めていた写真を財布に戻し、ソファに座ったまま「よう」と手を挙げた。フロアには俺とマコトしかいないのか、しんと静まり返っていた。

「忙しそうだな」

「まあな。わざわざ東京にまで呼びたてて悪かったな」

「別にいい。結構暇なんだよ、俺は」

「いいなあ、おい」

マコトはスーツの上着を投げ捨て、高級そうなネクタイをするすると解《ほど》いて同じように放り投げる。シャツの襟を立てたまま、マコトはグラスと酒のボトルを持って、俺の前にどかりと座った。

「飲む？」

「酒か」

「そう。好きだろ」

「珍しいな」

「これだけはちょっと飲めるようになったんだ。毎週毎週、いたるところでアホほど飲まされるからな」

目の前で、ほのかな赤みのついた液体がグラスに注がれる。細かくて儚《はかな》い泡が、しゅわっと盛り上がって、すぐに消えた。

「シャンパンか」

「スパークリングワインだよ」

「似たようなもんじゃねえか」

「シャンパンっつうのは、フランスのシャンパーニュ地方で作られたうんぬんかんぬん、みたいなのがあるんだよ」

マコトはそう言ってグラスの液体を一気に喉へ流し込んだ。俺は、また何かタネが仕込まれているのではないかと、おそるおそる液体を口にする。ほのかな甘味と、メロンソーダやコーラより何倍も細かい炭酸の刺激が口に広がった。

「甘いんだ、これ。クリスマスに飲むアレみたいだろ」

あれって、シャンメリーか、と俺は笑う。

「そう、それだ。クリスマスは、シャンメリーを飲むのが楽しみだった」

「もう随分昔の話だな」

「全国シャンメリー協同組合殿に感謝しろ。よき思い出をありがとう、ってな」

そんな組合なんかねえだろ、と俺が言うと、マコトは自信たっぷりに「ある」と言い切った。どうやら本当にあるらしい。

「今度買ってこよう」

「それまで生きてりゃな」

二日あったら、宇宙がなくなってもおかしくないんだしさ、とマコトは外の風景を見ながら言った。

「頼んでたやつは、手に入った？」

「リンゴな」

俺は紙袋に入った依頼品を、ゴトリとガラステーブルの上に置く。先日、川畑洋行に注文したものだ。在庫があったらしく、注文から程なくして物が届いたという連絡が入った。

「オススメの食べ方、も同梱《どうこん》だ」

「ありがとよ」

マコトは紙袋の中身をちらりと見ると、笑顔で親指を立てた。

「そんなに旨いもんじゃねえぞ、ただし」

「うちの会社、大手との業務提携が決まってね。同時にＩＰＯも決まった」

マコトは俺の言葉を無視して、唐突に話題を変えた。

「英語は苦手だ」

「新規株式公開。一部二部じゃねえけどな」

「なんかおい、すげえな」

「なにが？」

「俺は一生かかってもそんな単語を口にしない自信がある」

あいぴーおー、と言われても、俺にはなんのことだかさっぱりわからない。

「すごくねえんだよ。ほんとは上場なんてしたくねえんだから」

「なんでだよ、すげえじゃねえか」

「提携先の意向だからな。俺にはどうしようもねえんだ」

「じゃあ、なんでわざわざ提携するんだよ」

マコトはにやりと笑った。

「なにしろその大手ってのが、リサの親父の会社だからさ」

「ああ、なるほど。そりゃ、大手だ」

その上、王手でもあるな、と俺はガラにも無く洒落《しやれ》を口にした。マコトは一瞬考えてから、陽気に笑い出した。

「あの親父がようやく食いついてきたってことか」

「まあね」

「思ったより早かった」

「いよいよ、プロポーズ大作戦も大詰めってことだ」

「どうなんだ」

「なにがだ」

「どうなりそうなんだ」

マコトは外の景色を見ながら、二杯目の発泡ワインを飲み込む。

「予定通りさ」

マコトの顔が、少し赤みを帯びてきた。アルコールを分解する能力だけは、俺の方が少し勝っている。

「なんかさ」

「うん？」

「酒を飲みたい、なんて思う日が来るとは思わなかった」

マコトは赤い顔をさすりながら、笑った。酔っ払ってきたらしい。

「一日あれば、世界は変わるんだよ」

「二日あったら、宇宙がなくなってもおかしくない、って？」

だったらさっさとなくなっちまえばいいのになあ、とマコトは吐き捨て、三杯目に口をつける。飲みすぎだ、と言うと、たまにはこういうのもいいだろ、と返してきた。

「ここの夜景は気に入った」

「ああ、見晴らしはいいよな。うちの連中は見栄《みえ》っ張りが多くてさ。成長企業をアピールするには、都会の高層ビルがいいって聞かないんだ」

「若い奴が多いとそうだろうな」

「若い奴って、お前だって若いだろ。同級生」

「俺は、仙人みたいなもんだからな」

なんだそりゃあ、と陽気に答えながら、マコトが俺のグラスにピンクの液体を注いだ。

また、細かな泡がふわっと浮かんで、すぐに消し飛ぶ。

「まさか自社の社長が女一人に近づくためだけに社長業やっているとは、夢にも思わないだろうな」

そりゃなあ、と言って、マコトはまた笑う。どうやら随分酔ってきたのか、呂律《ろれつ》が回らなくなってきている。

「みんな必死だよ。会社でかくしようとか、でかい儲け話をものにしようとか。うちの会社程度のベンチャーからしたらさ、リサなんかはいい標的だよなあ。モデルと若手実業家の熱愛、なんつったら宣伝になるしさ、娘を足掛かりにしてリサの親父の会社とコネクションも張れるし」

俺は、随分前に「交渉」した佐々木の顔を思い出した。交渉後、佐々木は約束通り尻《しっ》尾《ぽ》を巻くようにリサと別れた。それがリサの親父の反感を買い、あっという間に会社ごと叩き潰され、地獄に落ちた。今はどうしているか行方もわからない。

「そんなにリサの親父の会社はでかいのか」

「でかいね。でかいというか、根が深い。表向きは飲食チェーンだけど、不動産だとか、金融関係だとか、とにかく手広い。この辺りで飲食店や風俗店をやろうとしたら、まずあの親父を通さないといいところには出店できないよ。当然、ソッチの世界ともパイプが太い。ライバルの潰し方も強引だしな」

「でも、それほどビッグネームな親父なら、もっとでかい会社の御曹司《おんぞうし》に娘をやりそうなもんだが、なんでお前なんだ」

「リサがあの性格だからな。どこに嫁に出しても、出戻るのがオチだろ。それより、自分の手足として使えそうな若いやつに娘を押し付けて、いろいろ利用しよう、っていうほうが現実的だと思ってんだ」

「他人事みたいに言うなよ」

俺は佐々木も哀れだが、リサも哀れだ、と思った。金や物は際限なく与えられるが、純粋な愛情を与えてもらうことができない人生だ。リサの親父にとっては、娘はただの広告塔か政略結婚の駒《こま》で、それ以上の何者でもないのだろう。リサは奔放に生きながらも、何かに飢えているように見えた。きっと、本人もその渇きがなんなのか、わかっていないに違いない。

「なるほど。それで業績好調なお前に白羽の矢が立ったわけか」

「まあ、何番目かの候補にいたところを、どこかのキューピッドが押し上げてくれたおかげでな」

思わず苦笑すると、マコトは笑って、頰に猫のヒゲのようなしわを作った。

「俺にとっちゃさあ、会社なんてどうでもいいんだけどね」

「でも、もう社員も結構増えてきただろ。いろいろ抱えるものもできたんじゃねえのか?」

マコトの目が、ふっと俺を捉えた。あの目だ。どこまでも深い、海の底のように暗くて透明な、あの目。

「それがさ」

「うん」

「驚くほど、どうでもいいんだ」

「驚くほど、か」

「驚くほど、だよ」

マコトの顔は、アルコールの作用で上気していたが、言葉は凍るように冷たかった。世界は変わっちゃったからな、とアイツは寂しそうに笑った。しばらく、二人とも言葉を交わすことなく、窓の外を見ていた。

そのタイミングを待っていたわけではないだろうが、先ほど旨いコーヒーを持ってきてくれた美人の秘書が、電話の子機のようなものを携えて近寄ってきた。

「小野瀬さん、お電話です」

「ああ、ありがとう」

マコトはまた悪びれた様子もなく「悪ぃ」というと、やや脚の高いモダンで座り心地のいいソファから立ち上がり、少し離れたところに移動して、何やらしゃべり始めた。

再び蚊帳《かや》の外に置かれた俺は、窓の外の景色に見とれる。繊細《せんさい》な造りのグラスを手に取り、発泡ワインを口に含もうとする。刹那、破裂音と共に世界は天地が崩壊し、前後も上下もなくなった。

「ふわあ、つったなおい！　口癖か、それは」

天と地がひっくり返り、重力と方向感覚を失った挙句、さらに視覚と聴覚までも奪われた俺は、例の「ふわあ」という悲鳴とも何ともつかない声を上げたらしい。一つ一つ戻ってくる五感を駆使して、一瞬の出来事を理解しようとする。座っていたソファは、先ほどまで背もたれであった部分が床面と接しており、座面であったはずの部分が床に対して垂直に直立していた。俺は必然的に天井を見上げるような姿勢で後方にひっくり返っており、あられもない体勢になっているであろうことが容易に想像できた。

手に持っていたグラスからは、万有引力やら慣性やらの法則にひどく従順な酒が飛び出して顔面に容赦なく降り注ぎ、鼻と言わず目と言わず、ありとあらゆる穴に浸入を果たしていた。目は地味な痛みで開けることができない。呼吸腔《こきゅうこう》に対する意図しない液体の流入を許した俺は、哀れなほど激しく咳き込んだ。

世界が九十度傾く直前、背後で火薬が爆ぜるような、ばん、という大きな音がしたことは確かだった。耳の奥で、きぃん、と金属音が響き、げらげらと笑うマコトの声がうまく聞き取れない。軽い急性音響性聴器障害というやつだ。よくある現象だが、実は内耳器官に軽い損傷が起きているらしい。そう聞くと、なんだか大ケガをしたような気になる。

「おかしいだろ」

「なにがだ」

「お前は普通に電話をしていて、離れていた。特に、何かおかしな動きはしなかった」

「そうだな」

「いったいどうやってソファをひっくり返したんだ」

「天の神様が、たまには空でも見上げてみろ、って言ってんじゃねえか」

「神様なんているかよ」

「いないだろうな」

「じゃあ、何をしたんだ」

「爆破した」

「何を」

「ソファの後ろ脚」

「どうやって」

「どうやってだろうな」

マコトは電話のように耳に当てていた機器をちらつかせる。よく見ると、電話の子機によく似てはいるが、幾分趣の異なる外見をしていた。

「何のためにだ」

「リモコン爆破は人をどれほどドッキリさせられるか、の検証だ」

「そうか。役に立ったのか」

「予想と違って、少々困っている」

「予想？」

「俺としては、反射的に立ち上がって、全力で逃げ惑うお前を想像していたんだけどさ」

俺は、未だ天を仰いだままだ。

「まさか、されるがままにひっくり返って、そのまま微動だにしないとは思わなかった」

「何がなんだかわからなくなった」

「お前はあれだな、地震やら火事やらが起きたら、真っ先に死ぬタイプだろ」

俺はひっくり返ったまま、美人秘書の方を見やる。

「こいつは会社でもこんなことをしてるんですかね」

ええ、毎日のように。と、秘書は感じのよい笑みを浮かべた。

断片（7）

「君たちの未来は無限に広がっている。努力をすればした分だけ、明るくて幸せな未来が開ける。それは間違いないことだ」

クラスはしん、と静まり返っていた。月に一度、朝のホームルームに教頭が回ってきて、話をする。中学生ともなると、それがあからさまなポイント稼ぎで、俺は教育熱心なのだ、という印象を持たれたいのだな、ということくらいは簡単に見破る。皆、静かに聞いているのではなくて、辟易《へきえき》として聞き流しているのだ。斜め前のマコトを見ると、アイツは堂々たる態度で居眠りをしていた。

「先生」

少し離れた窓際の席で、ヨッチは唐突に手を挙げ、口を開いた。全員の視線が、一斉に集まる。ヨッチの声を聞くのも久しぶり、と言うやつもいるだろう。

「なんだね」

「私たちの未来は、本当に無限だと思いますか」

「思うとも。私のような年寄とは違う。君たちは若い」

「私は、そうは思いません」

ヨッチの声は凛《りん》としていて、聞く者をはっとさせる何かがあった。教頭の長話で緩みきった教室の空気が、ぴんと張り詰める。

「今という時間は、今しかないと思います」

「それはそうだが」

「一日あれば、世界は変わる。二日あったら、宇宙がなくなってもおかしくない」

俺の胸に、何かがずしりと突き刺さった。

「私たちには、無限の未来なんかありません。明日《あした》が来るっていう保証なんか、どこにあるんですか」

「そ、そんなことは」

「適当に、無責任に、未来だなんて言わないでください」

教頭は、ヨッチの言葉に呑み込まれたかのように目をしばたたかせ、口をぱくぱくと動かしたが、言葉を返すことができなかった。見かねた年配の担任が落ち着いた声で、もう座りなさい、とヨッチの肩を叩くまで、俺は透き通って色を失ったような瞳から、視線を外すことができなかった。

一日あれば、世界は変わる。その言葉は今も、耳から離れようとしない。

沈黙の銃とアイデンティティ

◆七年前　二十四歳

俺は、部屋に入るなり思わず自分の腕時計を見直した。押し入った部屋の時計が、とんでもない時間を指したまま止まっていたからだ。腕時計の針は、間違いなく十二時少し前を指していた。

うずたかく積まれた雑誌、ゲームのパッケージ、食い散らかされたカップ麺《めん》の容器、くしゃくしゃに丸まったティッシュペーパー。申し訳程度に敷かれた、黴臭《かびくさ》い万年床。閉め切られたカーテン、そして唯一光を放つ、パソコンのディスプレイ。ありとあらゆるものを適当かつ乱暴に詰め込んだような部屋は、頭がくらくらするほど汚かった。部屋の真ん中には、起きたばかりのトドかセイウチのような男が一人、丸裸で胡坐《あぐら》をかいていた。

「汚い部屋だな、おい」

「誰、あんた」

「初めましてだな、小野瀬マコトさん」

「なに勝手に入ってきてんだよ。鍵かかってただろ」

「ドアの鍵を開けるなんて、缶詰のふた開けるのと大差ないもんでね」

「ふざけんなよ」

「ふざけてはいない」

「おかあさん！　なんか変な人来たけど、だれ！」

小野瀬は、一階にいる母親に向かって、苛立ちを隠そうともせずに怒鳴った。だが、その声に応える者はいなかった。返ってくるはずの声がないことに、小野瀬は何度も首をかしげた。

「おかあさん！　ねえ、聞いてんの！」

「今はいない」

「はあ？　なんで」

「少し出かけてもらったんだよ。一時間ほどで戻るから安心しろ」

「なんかしたのかよ」

いいや、話をしただけだ。と、俺は首を振った。

「で、あんたはなんなんだよ」

「そう。いきなり本題に入るけど、座っていいか」

俺は座れる場所がないか、部屋を見渡す。

「ゲームの上に座るなよ。その辺ちょっと片づけて、座れば。あとさ」

「うん？」

「パンツはくから、ちょっとそっち見ててよ」

ああ、悪かったな、と言いながら、気にせず崩れた雑誌の山をかき分け、なんとか確保したスペースに腰を下ろした。小野瀬は、もそもそと起き上がると、いつ脱いだのかわからないようなクシャクシャのトランクスを手に取り、面倒くさそうにはいた。

「で、なに」

小野瀬は不機嫌そうに言葉を放り投げてきた。たいていの人間はいきなり現れた俺を見ると動揺するのだが、小野瀬は驚いたそぶりも見せず、恐怖におののいた様子もなかった。おそらく、運命に抗《あらが》おうという気力すら持ち合わせていない人間なのだろう。生きることにも、死ぬことにも鈍感になっている。

「あんたのＩＤが欲しいんだ」

「アイディー？」

「交渉屋だ」

「交渉？」

「そう。アイデンティティ。小野瀬マコト、という人間の同一性を、そっくりそのまま譲渡してほしい」

あんた、頭いいからわかるだろ、と俺は付け加えた。

「戸籍とか、そういうもん？」

「戸籍、経歴、名前、家族、そういうものひっくるめて全部だ」

「なんのために」

「欲しがっている人がいる」

「そりゃそうなんだろうけどさ。やっぱ顧客の秘密は明かせないわけ？」

説明するとちょっと長くなるけどいいのか、と言うと、暇だしいいよ、と小野瀬は答えた。

「依頼者は、昔カーショップで働いていた」

「カーショップって、タイヤとかバッテリーとか売ってるような？」

「そんなでかいとこじゃない。板金修理とか細々とやるようなとこだ。そこに、事故車に乗った、社長令嬢が突然やってきた」

「社長令嬢？」

「クソ生意気なビッチだけどな。だが、依頼者は、そのワガママ娘に興味を持った」

「マンガみたいな話だ」

「そいつは、社長令嬢に近づくには金が要るだろうと、危ない橋を渡って結構な金を用意していた。バカだろ」

あんたらの業界では、クライアントをバカ呼ばわりしていいものなのか？　と小野瀬がひきつった笑みを浮かべた。一般企業でも、陰ではクライアントをバカ呼ばわりくらいしてるだろ、と俺は答える。なるほど、と小野瀬はくそまじめに相槌を打った。

「お姫様を迎えに行くには、やっぱり王子様でなくっちゃいけないだろ。ところが、そいつはろくな経歴も学歴もなかった」

「それで、僕の経歴をパクろうとしているわけ？　こんなやり方で？　バカなんじゃないの、そいつ」

ああ、バカなんだよ。と、頷く。

「いくらで買うのさ」

「六百万」

「すくねえなあ」

「元手がありゃ、あんたならすぐ増やせるだろ。株でも何でも」

頭はいいんだから。と付け加えると、小野瀬マコトは「まあね」と、へらへら笑った。

「で、僕はどうなるの？　死んだことになるわけ？」

「いや、新しいＩＤをプレゼントする。四種類から選べる」

「面倒だな」

「そう言うな」

「もうさ、面倒くさいのが嫌なんだよ。歩くとか、服を着るとか、風呂に入るとか。人としゃべるとか、引っ越すとか」

小野瀬はうんざりした様子で、トドに似た体を万年床に投げ出す。

「新しい部屋も用意してある。かなり田舎のほうだけどな」

「近くにコンビニある？」

「幸運にも、徒歩二分のところに一軒」

でもさあ、と小野瀬は駄々をこねる。

「うちのおかあさんは？」

「このまま、ここで暮らす。基本接点を持たないが、一応依頼者とは実の親子となるわけだからな。あんたと同居するのは都合が悪い」

「そう。それでいいって言ってた？」

「もう話はつけた。そっちは四百万円でな」

「やっすいな」

小野瀬マコトは、ふうん、とつぶやきながら、ごろりと寝返りを打って、うつ伏せになった。

「つまり、僕は、存在ごと売却されたわけだ。母親に。たった四百万で」

「そういうことになるな」

「嫌だ、ってゴネたらどうなんの？」

俺は、懐《ふところ》から銃を取り出し、床に置いた。ゴトリ、という重い音がする。

「できれば、使いたくないね」

なるほどね、とトドはため息をついた。

「おかあさんは、こういうパターンもあるっての、知ってんの？」

「話してある」

「本気っぽいね」

「もちろんだ」

トド小野瀬は、むくりと上体を起こした。

「自分って、いったいなんなんだ、って思うことない？」

「そりゃあるさ」

「自分は何のために生きてるんだ、とかさ」

「大いにあるね。死んだほうがいいんじゃないか、とかな」

「ふうん、あんたみたいな人でも？」

「人様の部屋に平気で上がりこんで、なにをしているんだ？　と、よく思うさ」

実際、今もそう思っている、と言葉を足した。

「そういうこと考えると、死にたくなるだろ。でも、死にたくない。わかる?」

「言わんとすることはわかる」

「どうすりゃいいんだろうね」

「さあな。どうすりゃいいんだろうな」

そうだよね、と言って、小野瀬はしばらく押し黙った。

「なんで、僕なの?」

「うん?」

「誰かが、僕になるんだろ? 別に誰でもいいじゃない」

「まず、高学歴であることが理由のひとつだ」

「それだけ?」

いや、と俺は首を振る。

「少年時代に転校を重ねていて、旧来の友人という存在がいない。現在は人との接点が
ほぼ皆無で、いなくなっても誰も気にしない」

「ああ、まあ、そうか。さらっと酷《ひど》いこと言うね、あんたさ」

「しかも、転校先にクライアントの地元も含まれていた。これは結構重要だ」

「なんで?」

「頻繁に帰郷しても、言い訳できるだろ」

「なるほど。それから?」

「現在の容姿と、人と接点があったころの容姿が大きく変化している」

「昔は痩せてたしね」

「犯罪歴、海外への渡航経験がなく、パスポートを作ったことがない」

「指紋か」

「歯が丈夫で、虫歯がない」

「それはなんで?」

「歯科治療記録は、個人を特定するのによく使われるからな」

「ああ、そっか。今は虫歯だらけだよ、たぶん」

「新しい名前の保険証を後で作るから、そうしたら医者に行ってもいいさ」

どうせ行かないよ、と小野瀬は首を振った。どうやら、まだ虫歯の痛さを知らないらしい。酷くなれば我慢など無理だ。

「まあ、そのほかにもいろいろ理由はあったが、一番の理由は、名前だ」

「名前?」

「すり替わるやつもな、名前がマコトなんだ」

うっかり呼び間違えても大丈夫だろ。と言うと、小野瀬マコトはげらげらと笑いだした。

「くだらない」

「そんなことはない。大事なことだ」

小野瀬は枕元に積んであるレジ袋の中から、いつのものかわからない菓子パンを引っ張り出してきて、もさもさと食らいだした。

「いろいろ調べられるんだな」

「まあな。そういう情報を蓄積しているところがある」

怖いね、と小野瀬は他人事のように言った。

「俺も一つ、聞いていいか」

「なに？」

「どうしてこうなったんだ？」

両手を広げて、悲惨な有様の部屋を指し示す。

「いろいろ調べたが、不思議でしょうがないんだ。完璧主義者で成績もとびぬけて優秀だし、一度就職もしている。しかも大手の証券会社だ」

「うるさいよ」

「せっかく入った会社を二ヶ月で辞めた。その後、このざまだ」

「うるさいなあ、もう。いいだろ、別に」

「なんでだ」

小野瀬は口を閉ざしたまま、しばらく何もしゃべらなかった。何度か口を開こうとしたが、その度にぐっと唇を結んだ。やがて、深いため息をついて再び口を開いた。

「ウンコを漏らしたんだ」

「ウンコ？」

「入社式の時にだよ。腹の調子が悪かったのと、緊張とでさ」

小野瀬は、ぽつぽつと語りだした。

「臭え、って声が聞こえた。あちこちからね。そのあと、僕の周りだけスペースが空いてさ。買ったばかりのスーツをウンコまみれにしたまま、一時間立ってたよ。自分でも、吐き気がするほど臭かったね」

「そんなこと」

「その日、僕の世界は終わったんだ」

それは俺の言葉をかき消すほど、強い口調だった。周りの人間がいくら「そんなこと」と言おうとも、自尊心の強い小野瀬には死にも等しい出来事だったに違いない。いろいろな理由で、世界は簡単に変わってしまう。たった一日で。

「まあでもやっぱり、たかがウンコじゃねえか、とは思うけどな」

「僕を、完璧主義者って言ったね、あんたさ」

「ああ、記録上はそう見えた」

「完璧主義者ってのはさ、結局は欠陥品だ」

「欠陥品？　完璧主義なのにか」

「だって、人間なんて元々不完全で、完璧なんてものはこの世にないんだ。それなのに、理想どおりのきれいな人生じゃないと我慢できない。完璧に、完璧に、と追求してさ、不完全さを容認できないせいで、結局は完璧じゃなくなるんだ」

　なるほど、と妙に感心する。

「でもさ、不完全なものを受け入れるのは無理なんだよね。一度失敗したらさ、もう終わり。ウンコがくっついた人生なんか、もういらないってわけ。だから僕はもう、引きこもって、人生を廃棄してるところ」

　語り始めてから、小野瀬の舌はよく回った。興味をもたれるのが嫌だ、と言う態度に反して、言葉は止まらない。お前はさ、受け入れて欲しかっただけじゃないのか？　と言おうとして思いとどまった。仕事をする時は、相手に深入りするとあまりいい結果にならないからだ。

「あんたの依頼者とやらは、僕の経歴が欲しいんだろ？」

「そうだ」

「ウンコ漏らしてすごすごと会社を辞めた、という過去も付きまとうぜ」

小野瀬はひきつったような笑い声を立てた。

「まあ、なんとかするさ」

「なんとかなるもんなの？」

「なんとかすればな。現に、記録されてなかったしな」

「なんだ、僕も早くあんたと出会ってればよかったな」

小野瀬は笑うのをやめて、俺を見た。俺を見たというよりは、その後ろ、はるか遠くにある自分の過去を見ているようだった。そして、そっか、と言葉を乱暴に投げ捨てる。

「なあ、全部タダでくれてやるから、その銃で僕の頭ふっ飛ばしてくれ、って言ったら、やってくれる？」

「いいや、やらないね」

「でもさ、金を払わなくて済むだろ。そっちのほうがいいんじゃないか」

答える代わりに、置いてあった銃を懐に戻す。

「まあ、そうだよな。金払うより殺すほうが手っ取り早いなら、僕はもう死んでるね」

「そういうことだ」

俺は手の置き所を選んで立ち上がり、薄暗くて澱んだ部屋を後にした。交渉はすでに済んでいたが、一日だけ小野瀬マコトに時間を与えた。本当の自分でいられる時間、本当の母親と親子でいられる最後の一日が欲しい、という要求を呑んだものだった。

「名前まで売り渡したんじゃ、余計自分がなんなのかわからなくなるな」

そのまま、小野瀬マコトは、豚のような声を上げて泣き叫んだ。醜く、無様に。

＊＊＊

株式会社川畑洋行、と書かれた小さなドアの前で、俺は何度も深呼吸をしていた。

マコトが宮沢板金塗装を去ってから、半年が経っていた。俺はアイツの消息を追いながらも、しばらくＪＩＭで働いていたが、長くは続かなかった。社長から解雇通知を渡されたのだ。つまりは、クビだ。

ＪＩＭの近くには、大手のカーショップが半年で続けざまに二店舗、突如として大型店を出店した。抱えていた顧客が一気に流れ、ＪＩＭの経営はあっという間に追い込まれた。当然、俺のような半端者を雇っている余裕は、もはや無かった。

クビと聞いて途方にくれていると、社長は、再就職先の紹介だ、と言って、住所と、簡単な地図が描かれたメモを寄越した。地図には、「川畑洋行」という殴り書きが添えられていた。

俺は社長から再就職先の説明を簡単に受け、退職の挨拶もそこそこに職場を後にした。作業着を脱ぎ、着慣れない一張羅のスーツを着こんで、今に至る。

地図に示された場所は、こんなところにビルがあったのか、と驚くほど寂れた商店街の一角だった。洋行、と言うからには貿易商社なのだろうが、雑居ビルの薄暗い蛍光灯に照らされた扉には、商社という雰囲気はまるでなかった。

「何か用ですか、お兄さん」

急に声をかけられて、俺はまた、ふわあという悲鳴を上げてその場にへたり込んだ。慌てて振り返ると、ビビりっぷりに逆に驚いたのか、目を丸くしたやや小太りの中年男がそこに立っていた。どこがと言うのは難しいが、どことなく大陸の匂いを感じさせる風貌《ふうぼう》だ。

「あ、あの、川畑さんですか」

「そうだよ。とりあえず、中に入ろうか」

お茶くらい出すよ、と言って川畑は事務所のドアを開け、得体のしれない俺を招き入れた。

事務所内は、どう見ても地味で、ごく普通の薄暗いオフィスだった。中には他に人がおらず、しんと静まり返っている。

「まあ、掛けて」

川畑は笑みを浮かべながら、俺を応接スペースのソファに座らせた。ほどなく、いい香りのする茶を載せた盆を片手に、川畑が戻ってきた。川畑は俺と正対するように座り、茶を啜《すす》った。

「中国茶だから、口に合うかわからないけど、どうぞ」

「あ、ありがとうございます」

おそるおそる茶を口に運ぶ。独特の香りが鼻腔《びこう》に入り込んできたが、茶を楽しむ余裕はなかった。

「で、なんだっけ」

「あ、あの」

「アルバイトなら募集してないけど」

「は、はあ」

「うちを訪ねてきたんだよね？」

「そ、そうです」

川畑はメガネをずらして、覗き込むように俺を見る。

「仕事、を、探しに来ました」

「仕事ねえ。君にできそうな仕事は、うちにはないけど。別に募集もしてないし」

うちの仕事、知ってる？　と川畑は怪訝そうに俺を見た。

「ある程度は、知ってます」

「と言うと？」

「いろいろ、取り扱っている、って」

「そうだね。輸入代行業だからね」

「輸入品以外にも、いろいろ」

川畑の表情は変わらない。人のよさそうな笑みを浮かべたまま、時々ボールペンのようなものをメモ帳の上に走らせる。

「そっか。うちのことは誰から聞いたの?」

「言え、ません」

「言えない?」

「言うと、迷惑がかかるかも知れないですし」

なるほどね、と川畑は笑った。

「ということは、いろいろ聞いているわけだね」

「はい」

「お兄さん、名前は?」

「キダです。お城の城に、田んぼの田で、キダと読みます」

「歳は」

「今年二十一です」

「そうか、若いねえ」

「は、はあ」

答えながら、額から汗が噴き出すのを感じていた。川畑の背後には、何と書いてあるのかよくわからない書が、額に入れて飾られていた。額の表面のガラスには、室内が映りこんでいる。川畑の後頭部と、俺の姿もその中に映っていたが、真後ろにもう一人、人間が立っていた。ガラスに映った姿を見ていても、背後に人がいる気配は全く感じない。後ろの誰かは、三歩ほど離れた位置から、俺の後頭部に銃口を向けていた。まるで首を固定されたように肩がすくみ、頭が動かせなくなった。気づいたことを悟られないよう、精一杯平静を装って、川畑の質問に答えた。

「ずいぶんいい体してるけど、なんかやってた？　柔道とか？」

「い、いえ。野球です」

「どうしてうちで仕事がしたいの？」

「どうして、と言うと」

「うちで仕事をしたい、と思った理由だよ」

俺は唾を飲み込み、声が震えないよう腹に力を込める。

「必要だからです」

「何故だい？」

「ええと、うまく言えません」

川畑は理解しているのか、何度もふん、といってはメモ帳を開く。俺は少し焦っていた。うまく説明できない自分がもどかしい。少しでも誤解を与えてはいけないと思えば思うほど、舌がうまく回らなかった。

「もう少し、突っ込んだ話をしようか」

「はい、あの」

「なに？」

「俺は一歩も動かないんで」

「うん？」

「後ろの人、なんとかしてもらえませんか」

緊張してうまくしゃべれないです、と俺は正直に訴えた。ガラスに反射した人影は、動揺した様子もなく、拳銃を構えたまま、微動だにしない。

「ああ、気づいてた？」

「はい。あと、それも」

さっきから、川畑はメモを取るような動きをしながら、ボールペンの先をこちらに向けていた。ペンの先にあるはずの小さな球は無く、代わりに小さな穴が開いている。穴は俺の眉間をずっと狙っていた。おそらくはそれも、人を殺傷しうる何か、なのだろう。

「いつから？」

「いや、気づいたのはさっきです」

川畑はニヤッと笑って、右手を挙げた。ガラスに、背後の人が銃を収め、また音もなく部屋を出ていく様子が映っていた。

「君、面白いねえ」

「はあ、そうですか」

「君だろ、宮沢のところの子」

「あ、あの……、はあ、あの」

「宮沢からは聞いているよ。迷惑がかかる、なんて健気《けなげ》でいいねえ」

川畑は懐から本物のボールペンを取り出し、今度はちゃんとメモを取った。

「うちの社長とは、どういう関係なんですか」

「幼馴染みだよ」

本当だよ、と言って、川畑はにこりと微笑んだ。俺は硬い表情のまま、何度か頷いた。

「宮沢はこういう仕事とは無縁だが、腐れ縁でね」

「そうなんですか」

「なんて聞いてきたんだい」

「輸入代行がメインだが、人探しにも定評がある、と」

「興信所かなんかみたいな言い草だ」

川畑は派手に笑った。

「澤田マコト君だろ」

社長は、ある程度の事情をすでに話していたらしい。川畑はデスクの引き出しから封筒を取り出すと、ぽんと投げてよこす。中には、何枚かの写真と、数枚の書類が入っていた。それは、いくら追い求めても何一つ収穫のなかった、マコトの近況だった。数枚の紙に、マコトが姿を消してからの足跡がつぶさに記録されている。金を得るために、アイツはすべてをかなぐり捨てていた。

「この情報料は安くない」

川畑は慣れた手つきで電卓をはじき、テーブルにことりと置いた。興信所などとは比べ物にならない、法外な値段だった。

「金はあまりありません」

「それで、うちで仕事をしようと思ったわけだろ」

「はい」

「友達のためかい」

いや、自分のためです。と答える。

「とても非合法なお仕事だ。仕事というのもはばかられる」

「はい」

「でも、確実にニーズがあって、誰かがやらなければならない仕事でもある」

「はい」

「一旦始めたら、もう戻れないよ？」

「わかってます」

「人を殺したことは？」

川畑はさらりと言ってのけた。

「ありません」

「そうだよねえ」

「はい」

「殺せると思う？」

「どうでしょう。仕事だと思えばできるんじゃないかと」

「なんでそう思う？」

「昔、親父が生きていたころに釣りに行ったんですけど」

「釣り？　お父さんは亡くなったのかい」

「はい。両親とも事故で。もう十五年くらい前のことです」

川畑はふうん、と唸って、またメモを取る。

「続けて」

「いざ釣り上げると、気持ち悪くて触れなかったんですよね、魚。ガキでしたしね」

「ほう」

「ですが、親父にナイフを渡されまして、魚の捌《さば》き方を教えてもらいました」

「魚、触れなかったんでしょう」

「ええ。ところが、まな板に載せた瞬間、腹を裂くのも頭を落とすのも、皮を剝ぐのも平気になりました」

幼かった頃の記憶が、蘇る。バタバタと暴れる魚をまな板に押し付け、おぼつかない手つきながら、胸鰭《むなびれ》の横から包丁を一気に入れる。どす黒い血を噴きながら、魚の頭は簡単に切断できた。親父は、切り開かれてなおびくびくと蠢動《しゅんどう》する魚の半身を見て、うまそうだな、と無邪気に笑っていた。

「つまりは、そういうことですよね」

「なるほどね」

「でも、人を殺したいとは思いません」

「君さ」

「はい」

「面白いよねえ」

川畑はにこやかな笑みを浮かべて俺を見た。

「僕も人殺しは嫌いだよ」

そうですか、と頷く。

「何をするにも、必然性と理由が欲しいもんだね」

「必然性と、理由」

「そう。まあ、そういったものがあったとしたら、そういうこともあり得るよ」

川畑は言葉を濁したが、暗に覚悟をしろと言っているように思えた。

「なにかいい仕事があったら、回してあげよう。それまで、情報料はツケにしておくよ」

「ありがとうございます」

深々と頭を下げ、自分の携帯番号を川畑に告げた。本当に連絡が来るのか、というよりはむしろ、本当にこんな世界があるのか、というのが率直な感想だった。

「さっきさ」

用を終え、部屋を出ていこうとする俺に、川畑が話しかけてきた。慌てて振り返る。

「はい」

「僕が後ろから声をかけた時、飛び上がってひっくり返ったでしょう」

「あ、はい、すみません」

「あれは、フリかい？」

俺は激しく首を横に振った。

「昔からビビリなんですよ。ほんと、恥ずかしい話ですけど」

「その割に、頭に銃を突き付けられても冷静だった」

「ああ」

そういうことか、と質問の意図を理解する。どうやら、ひっくり返ったのは川畑を油断させるための演技だと思われたらしい。

「銃については、もしかしたらそういうこともあるかもしれない、と思ってきたので」

「覚悟してきたと？」

「覚悟と言うか、予想ですね」

「予想」

「ドッキリみたいなものは本当に苦手で。まさかあの時に後ろから声がするとは予想もつかなかったので」

アウトローな仕事をしようとするのに、我ながら頼りない、と情けなくなる。一度は仕事をくれるといったが、俺のビビリに川畑が幻滅しやしないかと、ひやひやしながら次の言葉を待つ。

「君は、交渉屋が向いてるかもしれないね」

「交渉屋、ですか」

「そうだ。Aという人が、Bという人に、少し無理なお願いをしたい。そんなときに、Bを説得し、Aのお願いを聞いてもらえるよう交渉するお仕事だよ」

「そんな平和な話ではありませんよね」

川畑は人懐っこい笑みを浮かべた。

「そんな平和な話じゃあないね」

俺は思わず噴き出す。

「何故、俺がそれに向いていると」

「君は、正直だからさ」

「正直、ですか」

「君は、さっきから嘘をついていない」

わかるんですか、と俺が聞くと、そりゃわかるよ、という返事がすぐに返ってきた。

「嘘は時に便利だが、真実に比べると脆弱《ぜいじゃく》だ」

「文学的な言い方ですね」

今度は川畑が噴き出した。

「それに、この業界では、正直者ってのは貴重なのさ」

この世界を回している人間は、九十九パーセントが嘘つきだからね。と言いながら、川畑は俺の肩をポンとたたいた。その様子の軽さとは背反して、肩にはずんとした衝撃がいつまでも残っていた。

＊＊＊

交渉をした翌日、再び小野瀬の家を訪れる。約束の時間に部屋のドアを開けると、小野瀬は「自分」を放棄して待っていた。俺は難なく目的を達成し、「運び屋」に連絡をした。運び屋は運搬専門で、そのうち音も無くやってきて、いつの間にかすべて運び出し、まるで煙のように消える。俺は電話で依頼だけしておけばいい。なんだか機械的であっけない、と感傷に浸りつつ小野瀬の自宅を振り返り見た。

「うまくいった？」

聞き馴染みのある声が、耳に飛び込んできた。真っ昼間の住宅街には似合わない、底抜けに明るく、底無しに暗い声。

「まあね。交渉成立だ」

俺は事務的に返事をし、マコトに封筒を渡した。

「何これ？」

「何って、頼まれたもの一式だよ。フルセット」

　つい先ほどまで澤田マコトだった男は、封筒を開けて中身を興味深げに見た。免許証、偽造パスポート、卒業証書、保険証。ありとあらゆる証明書類に、分厚い詳細な経歴書。

「すげえな、おい。これが、ＩＤを買う、ってこと？」

「そうだよ、小野瀬マコト」

　マコトは、なんだかしっくり来ない様子で、二度三度首をひねった。

「変な感じだ」

「じきに慣れるさ」

　俺は「澤田マコト」の免許証や、その他もろもろの証明書を代わりに受け取った。余ったＩＤは、業者に引き渡して、保管してもらう。業者は、定期的に転居届を出すなどして、わざと足跡を残す。そうして保存されたＩＤは、時に売却されたり、時にレンタルされたりして、また有効に活用されることになる。

「澤田姓に未練はないか」

　マコトは即座にないね、と答えた。

「親父の記憶なんかないからな」

「じゃあ、お前は今日から小野瀬マコトで、俺の旧友でもなんでもないから、よろしくな」

「なんだよ、嫌な言い方すんなよ、親友」

マコトの笑顔には付き合わず、俺はバス停に向かって歩き出した。昼の住宅街は色彩が淡くて、時間が止まっているようだった。時折聞こえる犬の声が、時計は止まっていないのだということを実感させてくれる。

「なあ」

「うん」

「お前はさ、自分は、いったいなんなんだ、って思うことはないか」

「ないな」

「ないのか」

マコトはううん、と唸ってしばらく考え込んだが、ない。ともう一度首を振った。

「そうか」

「だって、俺なんてのはさ」

もう消えてなくなってるからな、とアイツは笑った。そうだろ？　と同意を求めているようでもあった。俺はマコトの目は見ずに、そうか、とだけ答えた。

断片(8)

「旧・小野瀬マコトは、今何やってるんだ？」

「今？」

「そう。どこかで元気でやってるのか」

「いや」

「いや？」

「死んでたよ」

「死んで、いた？」

「交渉した翌日だ。お前に物を引き渡した日だな。母親と一緒に、首を吊っていた」

「そう、なのか」

「遺体は運び屋が処分したから、安心しろ」

「驚かなかったのか」

「驚かなかったな」

「お前にしては珍しいな」

「まあな」

予想していたからな。という言葉を、俺は喉の奥へと飲み込んだ。

マチルダ

◆十三年前　十八歳

ミルキー・ミルキーの窓から見える外の景色は、もう真っ暗になっていた。秋の日はつるべ落とし、とはまさにこのことだ。学校をサボって得た予定外の休日は、あっという間に終わろうとしている。目の前には、ヨッチがきれいに平らげたナポリタンの器が残されている。

俺はすこぶる評判の悪いオムライスを味わうでもなく食い終え、ヨッチがトイレから戻ってくるのを待っていた。三百八十円というデフレ経済の象徴とも言うべきそれは、確かに美味ではないものの、ヨッチが言うほど不味いものでもなかった。要するに、家庭で出てくるような味なのである。悪く言えばチープな味、よく言えば懐かしい味だ。なんとなく、マコトが食べ続ける理由がわかるような気がした。

「本当に、おごってもらっていいの？」

戻ってきたヨッチが、伝票を手にした俺を、心配そうに覗き込む。このくらいは平気だ、と言いつつ、なけなしの二千円を財布から引っこ抜く。会計は、俺が食ったオムライス三百八十円に、ヨッチが頼んだナポリタン、そしてドリンクセットをつけて千三百円ほどで、予算内にしっかりと収まっていた。思わず胸をなでおろす。

からんころん、という暢気なカウベルの音を聞きながら外に出ると、もう遠からぬ冬の到来を告げる、肌寒い風が吹き抜けていった。ヨッチは、うわー、寒い！　と派手に騒ぎながら、無意味に跳ね回る。確かに、パーカー一枚ではもう寒いだろう。薄曇りの雲の狭間に、満月になりきれていない、中途半端な月が光っているのが見えた。

国道沿いを少し歩き、駅前のちょっとした商店街を通る。小さな川にしては派手に盛られた土手道をしばらく並んで歩き、草が伸び放題になっている貯水池横の薄暗い道を抜けていく。その間、ヨッチは絶えず何か話し続けていたが、俺は生返事を返すばかりだった。

「ねーねー」

「ああ」

「ちゃんと聞いてる？」

「ああ。聞いてるさ」

「嘘くさい」

「嘘じゃない。聞いてはいる」

ヨッチは頬を膨らませながら、俺の尻を蹴った。

「じゃあ、早急にあたしの質問に答えてよ」

「質問は聞いていた。だけど、頭には残っていない」

そういうのは、聞いていないと言うんだよ！　とわめきながら、俺の尻に追加の蹴りを放った。痛くはないので、別にかまわない。

「マコトはさ、なんであんなにドッキリにこだわるんだろうね、って言ったんだよ」

「ドッキリ、ねえ」

「知ってるの？」

「ある程度」

「教えてよ」

少し話が長くなる、と、俺は貯水池脇の道に設置された車止めに腰を掛けた。決して座り心地がいいとは言えないそこに、ヨッチも倣《なら》って腰を下ろした。腰を下ろすと言うよりは、尻をひっかける、という感覚に近い。「アイツの親父は、アイツが物心つく前に女つくって出て行った」

「その話は知ってるよ」

「アイツのお袋は、ずっと女手一つでアイツを育てていたんだが、まあ、そんなに強い方じゃなかった」

「何が？」

「心が、さ」

「ああ、そっか。そうだね。仕方がないよね」

街灯の下、俺たち以外に人はいなかった。秋の虫が鳴く声がする。それはなんだか物憂げに聞こえて、気を滅入らせた。

「そのうち、アイツのお袋は、しゃっくりが止まらなくなったんだ」

「しゃっくり？」

「ストレスとか、心の病気でな」

ヨッチは、そんなこともあるんだ、とつぶやいた。

「マコトはいつも、お袋のしゃっくりを止めようとしていたんだ」

「ビックリさせて？」

「ドッキリさせてだ」

何が違うのさ、と膨れるヨッチに、知らん、とだけ答えた。

「アイツのお袋は、病気を悪化させた挙句、ある日突然いなくなった。今でも生きているか、死んでいるかわからない。結局、アイツの中には、母親という存在が消えて、ドッキリだけが残ったんだ」

「それが理由？」

「お袋さんの具合が悪くなっていくと、だんだん会話も成立しなくなった。とにかく、支離滅裂で何言ってるかわかんなかったよ」

「会ったことあるの？」

「ある。でも、子供だったからか、こういう人なんだと、妙に素直に受け入れていた」

それは子供だからっていうより、キダちゃんだからでしょ、とヨッチは言った。

「だから、アイツはドッキリでお袋と会話をしようとしたんだ。自分はここにいる、というアピールだったのかもな」

「会話になるのかな」

「さあな。でも、それで一瞬しゃっくりが止まって、お袋に褒められたことがあったと言っていた」

まだ小さい頃の話だ。アイツの嬉しそうな顔が、網膜の奥深くに焼き付いていた。

「なんて言うかさー」

「うん？」

「さみしいね、それ」

俺は、その言葉には応えなかった。

「アイツはさ、ドッキリで人との距離を測ってるんじゃねえかと思うよ」

「アイツのドッキリはさ、抑えきれない愛情だったり、相手の愛情を感じるための物差しなんだ、と、俺は理解している」

ヨッチは声を上げて笑った。

「なにそれ」

「おかしい？」

「理解している。とか、眉間にしわ寄せて何言ってんの」

「これが普通だからしょうがない」

「うん、でも、なんか、そういう理由でよかった」

「そういう理由？」

「あたしにも理解できる理由。これでさ、マコトは将来、ドッキリをオリンピック競技にしようとしてるんだぜ！　とか言われたら、どうしようかと思って」

「それはそれで、目論《もくろ》んでいるかもしれねえ」

ヨッチはニヤッと笑ったが、すぐに飄々《ひょうひょう》として透明な、いつもの表情に戻った。

「誰かに、何かを伝えるって、難しいよね」

俺は、胸のあたりがずきりとして、眉をひくつかせる。

「どうせなら、みんなあたしの心に、ふわっと入ってきて、あたしがこう言いたいんだってことを、ふわっと持ち去って行ってくれたらいいのに、って思うよ」

「そうだな」

ほんの一、二分、時間が空いた。もっと短かったかもしれない。俺の頭の中は、その間にもどんどん文字や言葉で埋め尽くされていく。新聞の紙面や、ニュースや、そういったものが次々と襲いかかってくるようなイメージだ。混沌《こんとん》の中、俺は必死に目当ての文字を、言葉を探している。溺れながら、手を伸ばして手繰《たぐ》り寄せ、首を振ってまたそれを捨てる。

「キダちゃんさ、さみしい、って思ったりする？」

「さびしい？」

「さびしい、ってかさ、さみしい」

「おんなじじゃねえのか」

「おんなじじゃないよ」

ううむ、と俺は首をひねった。

「キダちゃんもさ、パパママいないわけじゃない？」

「ああ、そうだな」

両親が事故に遭ったのは、俺が小学校に上がる数日前、俺を親戚の家に預けて、買い物に行った帰りだった。両親が乗った車の前を走っていたトラックの積み荷が崩れ、建築用の鋼材が荷台から滑り落ちた。数トンもある鋼材に押しつぶされて、俺の親父とお袋は、一瞬でただの肉塊《にくかい》になってしまった。遺体はとてもじゃないが修復不可能で、行政解剖が行われてすぐに、荼毘《だび》に付された。俺は幼かったので、遺体確認には呼ばれなかった。

両親だと少しでもわかるような遺体を目にしていたら、人生は変わっていたかもしれない。大きなショックを受けただろうし、喪失感や孤独感に苛《さいな》まれて、今と違う性格になっていたかもしれない。だが、両親は「死」というステージを飛び越えて、忽然《こつぜん》と姿を消してしまった。今でも、親が死んだということを客観的にしか認識できていない。死んだ、というよりは、いなくなった、という感じがするのだ。

「俺は、伯父伯母の家で不自由なく育てられているしな」

「そっかあ」

「わからないんだ」

「なにが?」

「さみしい、っていうのが、どういうことなのか」

俺には、人間らしい情がないのかもしれない。本当なら、両親を奪った事故を呪《のろ》い、不運を嘆き、孤独にむせび泣くのが普通なのだろう。だが、俺は心底、今に至る人生を悲しいと思ったことも、辛いと思ったこともなかった。

「両親のことを思うと、さみしいというよりは、懐かしい、という気分になるな」

「自分のことじゃないみたいだね」

　自分の人生、というものは、まるきりリアリティのない夢のような気がした。俺は、「俺」という人間を、後ろからずっと眺めて生きている。「俺」は悔しがったり、悲しんだり、喜び、笑い、驚いたついでにふわあなどと叫びつつひっくり返ったりするが、本当の俺は、そんな「俺」の肉体を眺めながら、頑張れ、とか、よかったな、とか、他人事のような感想を胸に浮かべるだけだ。

「俺は、自分の人生を生きるのが、面倒だ」

「だって、死にたいわけじゃないでしょ？」

「そうだな。でも死にたくないか？　と聞かれたら、わからない」

「小難しいねえ、仙人」

「そうだな」

　自分でもそう思うよ、とため息が出る。

「あたしたちは、やっぱりちょっと、何かが欠けてる」

「何か」

「何なのかわかんないけど。少なくとも、普通にパパママがいて、愛情を受けて育ってきた人とは微妙に違う。心の中に、少しだけかりっと欠けてるところがあるんじゃないかなってさ」

「そう、なのか」

「お茶碗の端っこがちょっと欠けてたらさ、気になるじゃん。まあでも普通にご飯は食べられるから使うんだけど、ああ、新しいお茶碗に替えようかなあとか、いつ捨てようかな、とか、そういうこと考えちゃうんだよね。どっかでさ」

「別に、気にするほどのもんでもないだろ」

「うん。きっとそう。気にする必要なんてない。でもさ、鼻の下にある小さなほくろとか、ほんのちょっとだけ爪の形が変とか、そういうなんでもないことに限って、本人には気になるんだよ」

「気にすんなよ、そんなもん」

「うん。マコトとキダちゃんといるときはさ、気にしなくて済むんだよね」

十月の風はもう冷たい。吹き抜けていく風が、頬の温度を教えてくれる。

「だからさ、ずっと友達だよ！　なんてね」

「俺たちはさ」

「うん」

「ずっと変わらずにいられんのかな」

ヨッチは俺に背中を向けたまま、しばらく何も答えなかった。

「人生は、チョコレートの箱のようなもの」

「チョコレート？」

「開けてみるまで、中身がわからない」

俺はヨッチの言葉を理解できずに、硬直する。

「『フォレスト・ガンプ』。観てないの？」

「映画か？　観てないな」

「観なよ。名作だよ」

「どういう意味だ」

「人生ってのはどうなるかわかんないから、四の五の言わずにとりあえず生きてみろってことだよ」

言われなくてもそうしている、と俺は答える。

「だいたいよ」

「なに？」

「チョコレートの箱だっつってんだから、中身はチョコレートだろ」

ヨッチは俺の頭に手刀を浴びせると、無粋！　と耳元で叫んだ。

俺たちは立ち上がって再び歩き出し、貯水池脇の道を抜けて行った。もう少し歩くと、県道四十六号に出る。四十六号を渡り、林道を抜けた先のザリ川公園で、二人の帰路は分岐する。時間にして、十五分程度の距離だ。いつもは、公園の東屋《あずまや》のあたりで「またな」と言う。ヨッチはじゃあね！　と手をひらひらさせてから、俺に背を向けて帰っていく。

薄暗い街灯の明かりを頼りに貯水池脇を抜け、視界が開けた。相変わらず車通りの少ない一本道に、風化して消え去りそうな横断歩道の白線が見てとれた。さして広くもない道幅、オレンジのセンターライン。誰か押す人間がいるのかと疑問にすら思う、押ボタン式信号。

俺は躊躇することなく信号を無視して横断歩道を渡ろうとする。が、後ろ襟を摑まれて、乱暴に引っ張り戻された。

「ちょっと、なに信号無視してんの」

「前からずっと言おうと思ってたんだけどさ」

「うん？」

「ここの信号、押ボタンを押す意味があるか？」

ヨッチは、特に抑揚も感動もない調子で、さらりと答える。

「だって、押ボタン式信号の押ボタンを押さなかったら、押ボタンの立場がないじゃない」

でもよ、と反論しようとして、俺は信号の様子が違うことに気づいた。いつもなら、ヨッチがボタンを押すとほぼ同時に車道の信号が黄色に変わり、ほどなくして歩行者用信号が青に変わる。だが、今日は押ボタンを押しても、なかなか変わらなかった。

「ああ、まあ、押して渡るやつもいないないわけじゃないのか」

前に渡った人が押ボタンを押して横断歩道を渡ると、しばらくはボタンを押してもすぐに信号は変わらない。ここに辿り着く数分前に誰かがボタンを押して渡ったために、俺とヨッチには、誰のためにあるのかわからない待ち時間が与えられた。おそらくは、二分程度だっただろう。だが、俺にとって、その待ち時間はあまりにも長すぎた。

「前からずっと言おうと思ってて、でも今日はやめとこうと思ったんだけどさ」

「うん、何？」

「俺は、ヨッチが、好きなんだ」

長年心にしまいこんでいた言葉は、拍子抜けするほどあっさりと、口から外に飛び出した。朝起きて、何故だか急に、俺はヨッチに気持ちを打ち明けなければならないという気分になった。高校卒業を控え、気持ちの変化があったのかもしれないが、自分でも明確な理由はわからない。いてもたってもいられずに朝っぱらからヨッチに電話をかけ、自分でも冷や汗が出るほど不自然に誘いだした。

だが、いざ面と向かってみるとうまくいかないもので、話を切り出すタイミングが摑めないまま今になっていた。言わなければ、という衝動だけが胸の中で膨張し、肺を圧迫して俺の呼吸を妨げていた。どう伝えていいのか、何と言っていいのかわからない。俺は半ば諦めていた。

突然降って湧いた二分間の空白が、俺を追い詰めた。俺は、予期せぬ事態にはうまく対処できないのだ。二分間という膨大な時間を埋めるような話題は残されてなどおらず、胸いっぱいに膨らんだ想いを伝えることだけが、与えられた時間を乗り切る最後の手段だった。

ヨッチは、笑顔とも泣き顔ともつかない表情で、しばらく動かなかった。そのうち、歩行者用信号はけだるそうに色を変えたが、ヨッチは渡ろうとしなかった。青信号ははたはたと点滅をはじめ、また陰気な赤へと変わる。誰もいない県道脇で、俺とヨッチは無言で立っていた。思ったよりも、胸が高鳴ることはなかった。大切に温めてきた雛鳥《ひなどり》を空に放ったかのような、喪失感と満足感の織り交ざった感覚だけがあった。

「あたしもさ、キダちゃんのこと大好きだよ」

ヨッチの口からは、俺が想像もしていなかった言葉が返ってきた。言葉の意味が呑み込めずに、呆然とする。人生は、想定外のことが起こりすぎる。俺はその度に、情けなく、だらしなく、呆《ほう》けたような顔で立ち尽くしていなければならない。

「でもさ、ほんのちょっと、遅かったよ、キダちゃん」

ヨッチは横顔のまま、寂しそうに笑った。

「覚えてる？」

「あ、ああ？」

「あたしがさ、転校してきた日」

「もちろん。覚えてる」

金色の髪の、透明な瞳をした小さな少女を、忘れろと言う方が無理な話だ。

「あたしはさ、マチルダだったんだ」

「マチルダ？」

「『レオン』。観てないの？」

「それも映画か」

「観なよ。超名作だよ」

一番好きな映画なんだ。とヨッチは笑った。俺は、自分の文化的な素養のなさに苦笑いする。

「まあ、細かい話は端折《はしょ》るけどね。マチルダは女の子なんだけど、親父がロクデナシの麻薬密売人なの」

どこかの誰かさんみたいだな、と言いそうになるのを、なんとか堪える。

「で、そのロクデナシは、実にロクデナシらしく組織の麻薬をちょろまかすわけ」

「そりゃ、間違いなくロクデナシだな」

「ある日、マチルダが買い物に行ったら、その間に家族全員が組織の人間の襲撃にあって、ぶっ殺されたの」

「物騒だな」

「マチルダがアパートに帰ってくるとさ、組織の奴らがたむろしてる」

「絶体絶命だ」

「そう。マチルダは、部屋に近づきながら、気づくのよね。ここの娘だってバレたら、殺される。けど、後ろを向いて逃げ出しても、怪しまれてきっとすぐに殺される」

ヨッチは珍しく興奮して頬を紅潮させながら、身振り手振りで映画のワンシーンを俺に説明する。

「隣の部屋には、顔見知り程度の男が住んでいて、彼は一匹狼の殺し屋だった。マチルダは、自分の部屋を通り過ぎて、殺し屋の部屋の呼び鈴《よりん》を押すわけ」

「殺し屋に加勢してもらうためか」

「違うよ。殺された一家とは無関係な、隣の部屋の娘だと思わせるために」

「ああなるほど」

「藁《わら》にもすがる思いで、マチルダは呼び鈴を押すんだ。ドアを開けてもらえなかったら、バレて、殺される」

「それが、ヨッチと同じ？」

そう。と、ヨッチは頷いた。

「思い出すのも嫌だけど、小学校の時のイジメはひどかったんだ。誰も助けてくれなくて、どこにも居場所がなくて、あたしは死ぬ思いで逃げてきた。転校して、場所を変えて。でも、きっと同じだと思った」

「俺たちのクラスがか？」

「そう。あたしを見る目は、どれも恐ろしかったよ。クラス中がしんとしてさ、あたしを疑いの目で見てた。こいつは、俺たちとは違う、って」

ヨッチは壇上で震えながら、ざんばらの金髪から、ぎらぎらとした目を覗かせていた。三十人ほどの視線が、まっすぐにヨッチに降り注いでいた。矢のように。槍《やり》のように。

「助けてほしかった。誰か、ドアを開けて！　殺される！　って、本当にそう思った。あたしの心は折れる寸前で、もしあのままだったら、走って教室を出て、そのまま高いところに行って、とうっ！　って飛び降りていたかもしれない」

あたしは、ドアの前で震えるマチルダみたいだったんだ。ぽつんとつぶやくと、少し落ち着いたのか、ヨッチは一呼吸置いた。

「キダちゃんと、マコトが、ドアを開けてくれた」

プレゼント！　と、コーラ缶を放り投げるマコトの姿が、鮮やかに蘇る。

「キダちゃんとマコトがいなかったら、あたしは多分、今こうして生きてなかったよ」

大げさだろ、と言うと、ヨッチは激しく首を振った。

「殺し屋のレオンは、ドアを開けて、マチルダを部屋に入れた。ドアの前で、マチルダはぼろぼろになって泣きながら、みじめったらしく生に執着しながら、与えられた光を浴びるんだ。歓喜でも、安堵《あんど》でもなく、ただ、ああ、神様、って顔をするの」

「神様、ね」

「キダちゃんとマコトは、あたしにとっては、本当に、神様くらい特別なんだよ。二人がいない人生なんてありえなくって、感謝とか恩とか、そういう陳腐な言葉じゃ言い表せないくらい。あたしは、あの頃、絶対にマコトとキダちゃんと結婚して、三人一緒に暮らすんだって思ってた」

でも、ね。と、ヨッチは大きく息を吸い込み、深いため息をついた。

「大人になって、三人一緒に暮らすとか、きっとできないんだってことに気づくじゃない？　あたしもいずれは結婚して、子供産んで、って、そういう人生を送っていくのかもな、って考える。けど、キダちゃんと、マコト以外の人と、結婚するとか、そんなこと考えられなかった」

ヨッチが、熱っぽく語る。その熱が伝染したのか、じわじわと俺の熱も高まっていく。

このままどんどん膨れ上がって、温度が上昇して、いずれ体を焼き尽くすのではないかと思うほどだった。

「じゃあ、マコトと、キダちゃんと、どっちを選ばなきゃいけないんだろう、っていう壁にぶつかって、あたしはそれ以上先に進めなくなった。だって、どっちかを選ぶなんて、できっこないんだし。水か、酸素か、どっちかを選べ、って言われたってさ。どっちが欠けたって、あたしは生きていけないんだしさ」

　俺は何も言わずに聞いていた。

「だから、あたしは決めたんだ。もし、キダちゃんか、マコトが、あたしのことをさ、女として好きになってくれて、好きだよって言ってくれたら」

　ヨッチは言葉の明るさとは裏腹に、肩を落とし、うつむいていた。

「その時は、運命に、従おう、ってさ」

「ああ」

「ほら、でもさ、あたしだって分身やら分裂ができるわけじゃないし、日本国は一夫一婦制が基本なわけだし、なんていうかね」

　早い者勝ち？　みたいな。と、ヨッチはおどけてみせた。痛々しいほどに。

「俺は、遅かったんだな」

　ヨッチは再びうつむくと、こくん、と頷いた。

「一昨日《おととい》、突然だったんだ」

「そうか」

「勝手でしょ」

「そうだな」

「なんか、早い者勝ち、とか思い上がりも甚《はなは》だしいよね」

「かもな」

「まさか、二人に言ってもらえるなんてさ」

「モテモテじゃねえか」

「最悪、出家して尼になろうと思ってたんだ」

「似合わねえと思うぜ、スキンヘッドなんてさ」

何がきっかけだったのかはわからないが、突然、ヨッチは火がついたように泣き出した。両目から溢れ出す涙をぬぐおうともせず、四肢を突っ張ったまま、大声で泣いていた。ヨッチの声は胸を締め付けたが、何か欠けている俺の目からは、涙が出てくることはなかった。

「迷子じゃねえんだからさ」

俺はヨッチが着ていたパーカーのフードを摑みあげると、ヨッチの頭にかぶせた。ヨッチはフードに両手を掛け、顔を覆い隠して泣き続けた。

「マコトなら、俺よりきっと、ヨッチを幸せにする」

それは間違いない、と言いながら、俺は笑った。

断片(9)

「なあ、あれも、映画のセリフか?」

「あれ?」

「一日あれば、世界は変わる。二日あったら、宇宙がなくなってもおかしくない」

「ああ、うん。あれは違う」

「そうなのか」

「本パパの日記に、書いてあったんだ」

死ぬ三日前、最後のページにさ、と、ヨッチは事もなげに言った。

「もし俺が」

「うん?」

「間違って映画監督になったら、そのセリフ、きっと使うよ」

ヨッチは笑いながら、キダちゃんは殺し屋になりなよ、と言った。

十年間と地下駐車場

◆前夜　三十一歳

マコトの家は、こぎれいに片づけられていた。都内一等地に建つ高級マンションの一室、シンプルでモダンな家具、外国製のソファ、どでかいテレビ。昔遊びに行った、アイツの家とは大違いだった。昔の家は、台所は薄暗くて、ゴミが山積みだった。廊下はところどころ表面が剝げていて、障子窓は必ず二、三ヶ所破けていた。何とも言えない独特の臭いがあって、アイツの母親が、真っ暗なリビングで、俺たちには見えない誰かと会話をしていた。それに比べれば、ここはまさに夢の国だった。

外を見る。アイツの会社に行った時と同じように、高層階から見下ろす東京の夜景は美しかった。世間は今頃、クリスマス一色に染まっているだろう。眼下にも、ところどころにイルミネーションの光を見ることができた。俺は変に感傷的になるのを嫌って、窓際から離れようとした。振り返ると、席を外していたマコトがいつの間にか戻って、ソファに深々と身を預けていた。

「一年経つのは早いな」

妙なセンチメンタリズムに浸っていた自分をごまかすように、俺は無理矢理言葉を投げた。

「十年経つのも早かったけどな」

でも、まあ、長かったっちゃあ、長かったよな、と、アイツは天井を見上げた。はしゃぎ回っていたガキの頃の記憶は昨日のことのように鮮明だが、手を伸ばすと、その遠さに愕然とする。もう、戻れないのだと痛感させられる。

「いよいよか」

「だな」

アイツは、奥のクローゼットから何かを引っ張り出し、俺の目の前に持って来た。

「じゃん！」

真っ赤な衣装。黒い靴。白いつけひげ。

「おい、またこれかよ」

「やっぱ、クリスマスつったら、サンタクロースだろ」

「ベタじゃねえか」

「ベタでいいんだよ。クリスマスに溶け込むならな」

「そうだけどよ」

ダボダボして動きにくいんだよ、これは。と、俺は文句を言う。ためしに着てみろよ、と言われるままに、衣装を着こむ。自分で言うのもなんだが、俺はこの格好が無駄によく似合う。

「似合いすぎだろ」

「うるせえよ」

「ほら、ほっほっほ、とか言えよ」

「言うかよ、バカ野郎」

げらげらと笑うマコトのリクエストには乗らず、帽子とひげを放り投げた。

「そうだ、これを渡しておく」

俺はそう言って、マコトに携帯電話を手渡す。

「なにこれ？　俺の携帯？」

「盗聴器だよ。機種はお前が持っているやつと同じだ」

「これがか？　携帯にしか見えねえけど」

「まあ、携帯電話なのは間違いないからな。俺が電話をかけると、盗聴器に早変わりする」

「電話がかかってきたら出ればいいのか？」

「そっち側には着信したとわからないようになっている。電話をかけると同時に、俺の携帯電話に、盗聴器が拾った音声が聞こえてくる」

「すげえなおい。お前はあれか、ジェームズ・ボンドかなんかか」

マコトは、携帯電話兼盗聴器を、しげしげと見まわす。

「そんなもん、ネットで売ってるんだよ、普通に」

「意外と物騒なんだな、日本も」

「そりゃそうだ。じゃなきゃ俺は飯の食い上げだ」

マコトは盗聴器を胸ポケットに差し、こんなんでいいか、と笑う。

「胸ポケットだと衣擦れの音が入って聞き辛い。テーブルとか、キャビネットに置くといい。きっかり二十時に電話をかける」

その後二時間ほど、俺たちはプロポーズ大作戦のクライマックスを彩るイベントについて、繰り返し段取りを確認していった。あっという間に時間が過ぎ、いつしか日付は十二月二十四日になっていた。

「もう、クリスマス・イヴになってたな」

「まだだろ」

「ん？」

「クリスマス・イヴってのは、クリスマス前日の日没から、日が変わるまでの間だ」

「そうなのか」

お前は余計なことだけはよく知ってるな、と俺はあきれとも感心ともつかない感想を吐く。

「もう、あと何時間か後にはパーティがあるんだろ」

「そうだな」

「寝ろよ」

「ああ、そうしようか」

俺は乱暴に脱ぎ散らかされたサンタクロースの衣装をまとめ、持ってきたバッグに詰め込んだ。席を立つと、マコトは、送るよ、と言ってジャケットを着こんだ。悪ぃな、とだけ返す。

高層階から、エレベータは一気に地上まで俺を引きずり下ろし、そのまま地下一階まで下降した。住人とゲスト用の駐車場には、高級車がずらりと並んでいる。レンタルしてきた安っぽい国産の量販車は、見事なまでに浮きまくっていた。

「おい」

「ん？」

「ありがとうよ」

マコトは、数メートル離れたところで、ポケットに手を突っ込み、けだるそうに立っていた。そして、くしゃっと笑う。頬に、猫のヒゲのようなしわが浮き出る。人たらしめ、と俺はつぶやく。

「これで、よかったのか」

「さあな。いいも悪いもねえんだよ」

「そうかもな」

ぼろ臭い車の後部座席に、持ち帰る荷物を放りこむ。運転席に半身を入れ、エンジンをスタートさせた。軋むようなスターターの音がして、エンジンがかかる。

「指輪」

「うん？」

「うまいこと渡せたらさ、まあ、よろしく言っておいてくれ」

「なんて言えばいい」

「なんだろうな」

俺は少し、考え込む。

「やっぱり、おめでとう、じゃねえか」

「お前、こういう時のコメントセンスはゼロだな」

「うるせえ」

それは、俺も気にしてるんだ、と手を広げる。密閉された地下で、俺たちの声は嫌に反響した。

＊　＊　＊

クリスマス・イヴ前日、ＪＩＭでの仕事を終えて帰宅すると、着替える間もなくアイツが押しかけてきて、ずかずかと人の部屋に上がりこんだ。アイツは小汚い作業着姿のまま人様のベッドに腰を掛けると、明日の打ち合わせをやるぞ、と息巻いた。

夏の終わり頃、マコトは親戚の家を出た。ザリ川公園から県道四十六号を渡って少し歩いたところにある築十五年のアパートで、ヨッチと一緒に暮らすことにしたのだ。仕事場に青い看板が掲げられてすぐのことだった。

今年のクリスマスは、延び延びになっていた転居祝いも兼ねて、マコトの新居でパーティを計画していた。だが、集まることは決まっているのだが、何をするかは決まっていない。ドッキリストが無計画のままイベントに臨むとは思っていなかったが、忙しさにかまけて、クリスマス会の計画はなおざりになっていた。

「いいか、そこでお前が、乱入するわけだ」

「サンタクロースの格好でか」

「そう。メリークリスマス！　とかわめき散らしながらな。そして、ありったけのクラッカーをぶちかます」

アイツは持ってきたバッグから、大量のパーティクラッカーを引っ張り出す。思わず、業者か、とツッコんだ。

「近所迷惑にもほどがあるんじゃねえか」

「その辺は、後で俺がなんとかするから、いいって」

だいたい、仲間内で集まってどんちゃん騒ぐ、というだけのクリスマス会をやるのにいったい何を打って合わせるんだ、と俺が聞くと、アイツは見たこともないほど凝り固まった表情で、俺は人生を賭けるんだ、明日。などと言いつつ胸を張った。

マコトは、ひそかに計画していたドッキリの仔細《しさい》を明かすと、俺を仕掛け人として指名した。ドッキリを仕掛けられることは年中だが、仕掛ける側に回るのは初めての経験だった。俺は異様な緊張を覚えて、冬にもかかわらず、わきにじっとりと汗をかいた。

「いいか、そして、クリスマス会のみんなが大混乱を起こした頃合いを見計らって、お前は電灯を消す。みんなぎゃあぎゃあ騒ぐ」

「さらに近所迷惑だな。誰が来てるんだ、当日は」

「サエキと、コンちゃんと、ミチルと、コジケン」

「また騒ぎそうなメンバーだらけだ」

マコトとヨッチを除けば、俺が一番仲のいい連中だ。

「そして、俺が、メリークリスマス、と言うと同時に、お前は部屋の電灯をつける。暗いうちにあいつの手を引っ摑んで、」

　アイツは代わりに俺の腕を引っ摑む。

「こうしておく」

　マコトが手を離すと、俺の小指にはいつの間にか赤い糸が括られていた。もう片方はマコトの小指に括りつけられている。驚くほどの早業だった。

「気持ち悪ぃが、これはスゲエな。手品か」

　マコトと赤い糸で結ばれているという気色悪い状態からなんとか抜け出そうとするが、小指にしっかりと括りつけられた糸は、予想以上に結び目が固く、簡単にはほどけなかった。

「そして、明かりの中でこう言うわけだ。俺たちは、やっぱり結ばれているんだぜ、とかさ」

「臭すぎやしねえか、おい」

「バカ、ドラマチックなほうがいいんだよ。多少臭いくらいが、女を酔わせるわけだ」

「ほんとうかよ」

「ほんとうだよ」

　半信半疑の俺を無視し、「そんでもって、これを、なんとかはめさせる」と言いながら、アイツは小さなベロア生地に覆われた小箱を取り出した。

「おお、買ったのか」

「買ったよ、おい。誰だ給料三ヶ月分って言ったやつ。それどころじゃなかったぞ」

「お前の稼ぎが少なすぎんだろ」

「少なくとも、お前には言われたくない」

給料同じじゃねえか、とマコトは憤る。

「そもそも、指輪をつける前に、相手の意思を確かめる必要はないのか」

「ない。指輪はめちまえば、こっちのもんだ」

「お前、それはヴァイキングとかパイレーツとか、そういう強奪者の発想だぞ」

小さなリングピローに収まった指輪は、思っていた以上に光り輝いていた。普段つけるシルバーのアクセサリーとは違う、本当の光だった。

「っていう感じなんだが」

「ああ」

「どう思う」

「何が」

「驚くと思うかよ」

うん、と俺は首を捻《ひね》る。

「正直、驚く姿は想像できねえ」

「だよな」

「みんなが大騒ぎする中、普通に座ってコーラでも飲んでそうだ」

「やっぱりか」

「それくらいじゃないと、お前を飼い馴らすのは無理だろうしな」

「なんだその飼い馴らすってのは」

俺は何も答えずに笑ってごまかす。

「じゃあさ、じゃあさ、質問を変える」

「なんだよ、気持ち悪ぃな」

「喜ぶ、かな」

マコトは、俺の両目を見つめたまま、大真面目な顔でそう言った。

「なんなんだお前は、乙女か」

「うるせえ、どう思うよ」

視線から逃れるように上を向き、ドッキリ後の様子を想像した。六畳二間、間仕切りをぶち抜いた、狭苦しいクリスマス会会場。小汚く食い散らかした菓子や、コーラのペットボトル、チューハイの缶、シャンメリーの瓶が転がるテーブルの向こうで、ドッキリをやりきって全身を緊張させたマコトが、リアクションを待っている。なんと言うだろう。きっと、あいつは映画のセリフでも引用して、ちょっと斜《しゃ》に構えた一言を言うだろう。

「まあ、喜ぶさ」

「だよな」

「だよ」

マコトは、くしゃっとした笑みを浮かべた。気持ち悪ぃな、と俺はアイツの鼻を指で弾いた。

＊　＊　＊

屋内とはいえ、暖房の効いていない地下駐車場は、身を切るような寒さだった。足元のコンクリートから、冷気が俺の体を蝕《むしば》んでいくような気がした。死ぬ時は、こういう感覚になるのだろうか。静かな空間の中、アイドリングする車だけが、生きているように思えた。

「なんつうか」

「うん」

「いろいろ思い出すな」

「そうだな」

俺とマコトの距離は変わらない。お互いの顔はよく見えるが、決して近くは無い。

「今までみたいに、気楽に遊べなくなるのがさ」

ちょっと、さみしいな、と、俺は言った。

「珍しいな。なんだ、さびしがりか」

「さびしいんじゃねえ」

「ああ?」

「さみしいんだよ」

マコトはよくわからねえ、と言うように肩をすくめた。

「同じじゃねえのか」

「違うんだよ」

「そうか」

「そうだよ」

運転席に乗り込むと、少し時間を置いた。車を出すまでの数分、二人とも、何もしなかった。俺は息をひとつついて車を発進させると、窓を開けて、またな、と言う。二度ほどクラクションを鳴らして、スロープを駆け上がる。

バックミラーには、笑顔で立つアイツが映っていた。

断片⑽

　アイツの家は、がらん、としているように見えた。あらゆるものが無造作に散らかっていて、何もかもが乱雑に放置されているのに、やはり、がらん、としているのだ。いろいろな要素が混ざり合った独特の臭いが、玄関をくぐると鼻に飛び込んできた。

「いつからいないんだ？」

「おとといくらい」

「だれかに言った？」

「おじさんにだけ」

　居間には木製の大きなテーブルが置いてあって、アイツのお袋はいつもそこにいた。調子がいい日は、いらっしゃい、などと反応があるが、ダメな日は虚空に向かって罵詈雑言を並べ立てていたり、きゃっきゃと無邪気に笑っていたりして、俺の存在に気づくことすらなかった。

「ごはんは？」

　マコトが指さしたところには、カップ麺やインスタント食品が詰め込まれてパンパンになったレジ袋が置かれていた。

「おじさんが買ってくれた」

「そっか」

マコトは表面がざらつく畳の上に膝《ひざ》を抱えて座り、俺もそれに倣った。

「だいじょうぶ、そのうち帰ってくるって」

俺は精一杯言葉を絞り出したが、何の気休めにもならないことはわかっていた。

マコトは、顔を引きつらせながら、首を何度か横に振った。

「あれだ、さみしかったらさ、うちに来いよ」

「さびしくなんかねえよ」

かける言葉が見つからなくなった俺は、な、とアイツの肩に手を置いた。

「さみしかったら、だよ」

「だいじょうぶだよ」

アイツは真っ直ぐ前を見たまま、大粒の涙をぼろぼろと零《こぼ》した。

小さなリングと白い聖夜

◆十二月二十四日　三十一歳

クリスマス・イヴの街は、色とりどりの光に彩られ、陽気なクリスマスソングが溢れていた。現実感の無いその光景を前にしながら、ただ黙々と道を歩く。目的地への到着予定時刻は、あと八分に迫っていた。

アイツが、クリスマスと言えばこれだろ、と用意したサンタクロースの衣装は、悔しいことにこの上なく役に立った。行き交う人々は、当然そこにあるもの、といった様子で俺を無視し、通り過ぎていく。こんなに大手《おお で》を振って外を歩くのはいつ以来だろうか。俺は、いつも何かの影におびえながら、背を丸め、顔を伏せて歩く癖がついていた。

人波にするりと紛れ込み、流れに身を任せていると、抱え上げられて母親の肩越しに後ろを向いた子供と目が合った。髪の毛がちりちりと丸まったその子供は、俺の目をしばらくじっと見た後、にこやかに笑って手を振った。俺は笑いこそしなかったが、おずおずと手を挙げて、心ばかり手を振り返した。心の奥を覗き見られたようで、ずいぶんきまりが悪かった。

人の頭が延々と続く道の向こうに、見上げれば首が痛くなるほどの高層ビルがそびえ立っていた。対照的に、俺がいる道の脇には、廃墟《はいきょ》と見紛《みまご》うばかりに年季の入った、背の低い雑居ビルがいくつかひっそりと建っていた。都会の新陳代謝の狭間で、辛うじて生き残った前時代の遺構のような雑居ビルは、あと数年のうちに付近のビルともども解体されて、新しい建物に生まれ変わることだろう。そうやって、世界は円を描くように同じことを繰り返しながら実は少しずつ三次元的にずれてらせんを描き、未来へと進んでいく。

かつてそこにあったビルが壊された後から、雨後の筍《たけのこ》のようにビルがまた生えてくる。都会的で、先進的で、洗練された高層ビルだ。そしていつしか、過去にあったビルの記憶など、世界から消えてしまう。未来、というのはそういうものだ。

などと小難しく考えていると、脳が疲れた。二度三度首を回して、思考をリセットしようとする。そして、未来から必死に目を逸らそうとする自分を嗤《わら》う。

いつの間にか、先ほど遠くに見えた高層ビルのすぐ目の前まで辿り着いていた。低層階はショッピング施設、中層階はオフィス、高層階はホテルになっているランドマークだ。最上階のペントハウスには、リサの親父がいる。自らの支配地を見下ろす王よろしく、クリスマス・イヴに色めく街を見下ろしているかもしれない。

ビルの脇には、大きな公園が併設されていた。噴水や、緑地が広がる憩いの場所だ。この季節になると、一番大きな花壇が、数万個のＬＥＤライトに埋め尽くされ、幻想的な空間を生み出していた。

光の絨毯の前には、大きなモニターと音響機材、ステージが設置されており、ステージを取り囲むように長椅子が並べられていた。すでに席の大部分に人が座り、何かが始まるのを待っている様子だった。公園内に入ると同時に、ステージの照明に灯がともり、モニターに映像が映し出される。

「十九時になりました。皆様、お待たせいたしました。『ビソンテ・ジェンティーレ』プレゼンツ、クリスマスナイト特別ライブをお送りいたします」

優等生然とした澄んだ声の司会者がそう言うと、ぱらぱらと拍手が起こった。大型のスピーカーからは電子音がちりばめられたいまどきの音楽が流れ、モニターには、光彩やら画像がめまぐるしく映し出された。有名なのか無名なのかよくわからない出演者が何人か、これからライブ演奏を行うらしい。

ビソンテ・ジェンティーレは、この建物の二階にあるダイニングバーで、各地にチェーン展開している。毎年十二月二十四日には、この場所でのライブイベントを主催していた。ステージ脇には、「協賛企業」と書かれたスポンサーボードが立っている。地元

FM局や、いくつもの企業名に混じって、マコトの会社の名前が入っているはずだ。このイベントのスポンサーは、ほぼすべてがリサの親父の傘下企業だからだ。

俺は会場にするりと入り込み、ステージから離れた暗がりに陣取った。周りには何人かのイベントスタッフがいて、皆一様にサンタクロースの赤い帽子をかぶっていた。ステージ上には、俺と同じような衣装を身にまとったビデオジョッキーが、何台かのパソコンを操作しながら、モニターに表示される映像を選んでいた。

俺は会場の後方からぼんやりとその様子を見ていたが、やがて携帯ラジオを取り出して、イヤホンを耳に押し込んだ。チューナーをいじり、AMラジオ局の周波数に合わせる。デジタルの数字はくるくると忙しく入れ替わりながら、世界との接点を探す。数字がぴたりと止まると、くぐもった音が聞こえてきた。耳に深く差し込んだイヤホンのおかげで、俺は目の前の世界から隔絶される。スピーカーから吐き出される大音量の音楽は、随分遠くかすかなものになった。

イヤホンから聞こえてきたのは、低く、落ち着いたクリスマスソングだった。ディスクジョッキーは、大衆に迎合するのを拒むかのように、穏やかでゆったりとした声を電波に乗せていた。やがて、パチパチというテープノイズとともに、音楽がフェードインしてくる。ビング・クロスビーの「ホワイト・クリスマス」。甘く、囁きかけるような声が、決して先進的では無い振幅変調方式独特の音声劣化と相まって、細胞の隙間をぬって体内にしみこんでくる。

ビング・クロスビーは独特のクルーナー・スタイルで「ホワイト・クリスマス」を歌い終えると、次に「ジングル・ベル」を歌い、続けて「サイレント・ナイト」「赤鼻のトナカイ」を歌い、そして「シルバー・ベルズ」を歌った。

「なるほど」

誰にともなく、俺はそう言った。さみしい、ってのは、こういうことなのか。世界がゆっくりと進む中、俺は同じ円の中を、ぐるぐると走り回っている。どこにも辿り着かない、何も生み出さない運動を、惰性に従って続けている。世界がどんどん遠ざかって行くのを感じながら、懸命に同じ円周上を回り続けている。それはとてつもなく無意味で、無価値で、さみしい。

ビング・クロスビーが、甘く美しい低音で「レット・イット・スノー」を歌い始めたころ、ポケットの携帯電話のアラームが鳴動し、二十時一分前を知らせてきた。俺はすぐさまラジオを切り、携帯電話を操作する。一瞬のコール音の後、すぐに通話が始まった。俺はイヤホンを携帯電話に繋ぎ替え、本体をポケットにしまった。

やがて、空気が対流するかすかな音、誰かが動いている物音が、イヤホンから聞こえてきた。俺は身をこわばらせ、浅く息を吐く。アイツに渡した携帯電話には、集音用の小さなステレオマイクが内蔵されていて、室内の音もかなりきれいに拾える。

「あ？　そんなのいいよ、あとでやればさあ」

聞き馴染みのある声。アイツの声だった。クリアな音声は、確かな立体感と臨場感を伴って耳に飛び込んできた。俺は音声に耳を傾けながら、そろりとライブステージの横へと移動を開始した。

「お腹《なか》いっぱいで死にそうなんだけど」

リサの声。次第に近寄ってくる、衣擦れの音。どうやら、タイトなドレスを着ているようだ。

「シャンパンなら飲めるだろう」

「飲める」

マコトの楽しそうな笑い声が聞こえてくる。アイツは、「うちの会社が卸してるやつじゃないけどな！」と捨てゼリフを吐いて、どこかにシャンパンを取りに行った。

マコトとリサは同じ建物の中で催された、リサの親父が主催するクリスマス・パーティが一段落した後、別のパーティに出席することになっている。パーティ会場を出たアイツは唐突に行き先を変更することを宣言し、予《あらかじ》め取っておいた四十二階のスイートに向かう。ちょっと、いいの？　ヤバくない？　と言いながらも目を輝かせるであろうリサに、アイツは大丈夫だろ、たまには。と言う。予定通りに。

突如、けたたましい音とともに、アイツが盗聴器のある部屋に戻ってくる。ビング・

クロスビーとはまったく趣の違う「赤鼻のトナカイ」に乗せて、サンタクロース姿のアイツが登場する。アイツが何度も俺に語った演出だ。

アイツの手にはクラッカーとシャンパン。火薬の爆ぜる音、シャンパンの栓が勢いよく飛ぶ音、そしてリサの悲鳴が聞こえてくる。音声を聞いているだけで、その場に居合わせているかのように鮮明な映像が脳内に浮かび上がった。アイツは少年のように得意げな顔で、驚くリサを見下ろす。

「ちょっと、なにそれ！」

「クリスマスつったら、サンタクロースだろ」

「なに気合入れてんの、そんなに」

アイツは狂ったように歌う年代モノのラジカセを止めると、シャンパングラスを二つ持って、窓際のソファ近くにやってくる。リサの隣に座ると、乱暴に抜栓されて中身をしたたか噴き出したシャンパンを、細く繊細なグラスに注ぐ。ピンク色の透き通った液《えき》色《しょく》が、淡い室内灯の光に照らされて、穏やかに輝く。そんな様子が目に浮かんだ。

「何に乾杯？」

「君の瞳に」

「うわ、そういうこと言う？」

「『カサブランカ』だぜ。観とけよ、名作だろ。ハンフリー・ボガートだぞ」

ちん、というかすかな音がする。アイツはきっと、弱いくせに何かを流し込むように
シャンパンを一気飲みする。

「ねえ、ここに来るつもりだったんでしょう」

「うん？」

「クリスマスのここなんて、ずいぶん前に予約入れておかないと埋まるじゃん」

「まあな」

「クリスマスだから？」

シャンパングラスを置く、かん、という乾いた音がした。アイツは二杯目のシャンパ
ンを飲み干したようだった。

「記念日だろ、だってさ」

「記念日？」

「そうだよ」

「クリスマスが？」

「なんだよ、忘れたのかよ」

リサは去年のイヴに思い当たることがなかったのか、なんだっけ、とつぶやいた。

「記念日の記憶ってのは、女の得意技だろ」

アイツはそう言って笑った。

「誰と一緒にしてんの、ムカつく」

「誰とも一緒にしてねえよ」

リサは心底不愉快そうにむくれた声を出す。

「じゃあさ、ちゃんと覚えておくから、来年もどこか連れてってよ」

「来年ねえ」

「そぞ。今度は南の島がいい。うるさいマスコミがいないとこ」

「南の島って、年末年始は毎年行くんだろ？　親父さんと」

リサの親父は年始に、関連企業の重役や取引先、あまりおおっぴらに名前を出せないような関係者らを海外に集め、新年会を催すのが通例だった。当然、リサも会社の広告塔として強制的に参加させられる。クリスマスが終われば、すぐに海外渡航の準備に入らなければならない。

「南の島って言ってもさ、もう、毎日パーティ、パーティ、接待、接待だもん。かたっくるしいドレス着てさ、パパの横で一日中ニコニコ笑ってなきゃいけないのとか、マジで拷問」

マコトと二人で行きたいよ、とリサは甘える。

「ま、来年まで生きてりゃな」

「なにそれ。死にそうなジジイ気取るのは、まだ早いよね」

「一日あれば、世界は変わるんだよ」

胸が、ズキリ、という痛みを覚えた。二日あったら、宇宙がなくなってもおかしくない。俺は思わずそう続けた。脳にこびりついて離れないそのセリフは、マコトからの合図でもあった。プロポーズ大作戦の最終章を始めるぜ、という合図。

俺は二人の会話を盗聴しながら、ステージ袖に到達していた。ステージ上では、どこかで見たことがあるようでないような男が、キーボードを弾きながら自分の歌を歌っていた。途中、イベントスタッフと何度かすれ違うが、特に呼び止められるようなこともなかった。事前に、経費をケチってろくな警備会社を使っていない、という情報は得ていたが、想定よりも随分杜撰《ずさん》な警備だ。日本国は未だ平和だな、と苦笑する。

音楽の盛り上がりに合わせて、ステージ下からビデオジョッキーのサンタクロース衣装の裾《すそ》を引く。何事かとこちらを見下ろす男に、ちょっとこっちに来いというジェスチャーを送った。男はいぶかしげにステージを下り、俺に促されるまま裏手に回った。照明の当たらないそこは、隣の人間の顔もよくわからないほど暗い。男が、いったいなんだと言うか言うまいかのところで、頭を抱え込んで口をふさぎ、スタンガンを首に押し付ける。がっちりと押さえつけたまま三秒ほど電流を流すと、小さな呻き声とともにその場に崩れ落ちた。力を失った男の体を受け止め、ステージ裏の暗い場所に座らせる。すばやくナイロン製の結束バンドで手足を拘束し、口にテープを貼《は》る。ステージ裏に転がし、上に中が空洞のひな壇をかぶせた。流れるようにそこまでの作業を終え、背後の様子を窺う。見られてはいない。

何度もシミュレーションを重ねたとはいえ、机上で駒を動かすのとはわけが違う。サンタクロースの帽子の奥で、額から脂汗が噴き出てくるのを感じる。

俺は何食わぬ顔でステージ端のブースに登り、数台並んだノートパソコンを見定める。大型モニターに接続されているのは、左端の一台だった。ポケットから小さな機器を取り出し、パソコンに接続する。一般的に売られている小型の記録メディアだが、中身は特別製だ。パソコンに接続した瞬間、記録メディアに保存された不正プログラムが実行され、キーボード入力も、マウス操作も、電源の切断もできなくなる。いくつかのネットワーク設定が書き換えられ、勝手に通信を開始する。もちろん、これも「業者」の仕事で、詳しくは判らない。俺はただ、パソコンのインターフェースに、記録メディアを接続すればよいだけだった。本当に、金さえあればなんでもできる世の中で助かる。俺のような凡才でも、いろいろな業者を活用すれば、それなりにきちんと不法行為ができてしまう。

ディスプレイに、得体の知れないプログラムが一瞬立ち上がっては消え、次々に何かが動いている様子が見て取れる。やがて、ディスプレイ上に「ＤＯＮＥ」という文字が表示され、画面左下にカウントダウンタイマーが起動する。残り六秒。接続してあった記録メディアを抜き、ポケットに捻じ込む。残り二秒。ステージ上では、男性歌手が持ち歌を歌い終え、何か挨拶をしているところだった。

　突如、男性歌手の後ろで無難なバックグラウンド映像を流していた大型モニターに、インターネットの動画サイトの映像が映し出される。ユーザーがリアルタイムで映像を放送できる、大手のサイトだ。俺は小さくガッツポーズをする。

　プログラムが起動すると、無線でアイツの宿泊している部屋に仕掛けられた盗撮用のビデオカメラを起動するコマンドが実行される。ビデオカメラの映像はこのノートパソコンに送信され、自動的に動画サイトにアップロードされる。その映像が、大型モニターに外部出力されるという仕組みだ。

「ねえ、何の日だっけ、今日？」

「なんだ、本当に覚えてねえのかよ」

　マコトはソファに体を預けるリサに向き直り、鼻先をつんとつつく。シャンパンを優雅にあおり、窓の外に視線を向ける。

　大型モニターに、そんな二人の姿が映し出された。映像は若干粗さが目立ち、決して鮮明とは言えないが、音声は比較的はっきりと聞きとれた。会場後方の音響スタッフに向かって、オーケーの合図を送る。音響スタッフも、雇い入れた「業者」だ。携帯電話のグループ通話機能を悪用し、盗聴した音声が、音響の連中の持つ携帯電話にも聞こえるようになっている。携帯電話は音響機器に接続されていて、ミキシング・コンソールで音量を制御できるようになっている。

一気に会場がざわつくのが見てとれた。ステージ前の長椅子に座っている人間以外も異変に気づき、ステージに注目し始めたのだ。

「あれＬＩＳＡじゃない？」

「ウソ、モデルの？」

会場の人間が、リサに気づく。やる気なく突っ立っていたマスコミの連中が、急に色めき立ってモニターの近くに殺到した。

「おい、どういうことだよ、これ」

ステージ下から、慌てた様子でイベント会社の現場チーフが声をかけてきた。

「わかりません」

俺は転がしたサンタと別人であることを悟られないように祈りながら、首を振る。

「とにかく、あの映像をなんとかしろよ」

「それが、操作不能でどうにもならないです」

「じゃあ、ケーブル引っこ抜けよ。そうすりゃモニターには映らないだろ。って言うかよ、ＰＡのやつらはなんで音切らねえんだよ。バカじゃねえのか」

「あまり、いじらない方がよさそうです」

「あん？　何言ってんだよ、オマエ」

俺は無言でノートパソコンのディスプレイを指さす。苛立ちを隠そうともしない男は、呪詛《じゅそ》の言葉を吐きながらステージによじ登り、画面を見る。

「どういうことだよ、これ」

「読んで字のままだと思います」

ディスプレイには、極太の字で「モニター、音声が途切れた場合、爆弾の起爆装置が作動します」と書かれていた。

「ハッタリだろ、爆弾なんて」

「ハッタリならいいですけど、マジだったらどうしますか」

男は狂ったように頭をかきむしりながら、警察だ、警察に電話しろ、とわめく。そんな男をマスコミの連中が取り囲み、スクープだから、映像を絶対に止めるなと口々にわめき散らす。次の出番を待っていた歌手のマネージャーがどうなっているんだとばかりに怒鳴り込んでくる。何人もの男どもがぐちゃぐちゃに固まって、エゴイスティックに叫び続けている。ステージ前には、すでに人だかりができていた。

「そんなに思い出せないなら、これを見ろよ」

下界の騒々しさも知らず、マコトは静かな面持ちで、リサの前に右手を突き出し、唐突にうん、と唸りだす。

「マコト?」

アイツは握り締めた右の拳をぶるぶると震わせる。リサは困惑したように、なになに、と顔をしかめる。アイツの右手から、勢い良く小さな花が飛び出し、リサの鼻先で花びらがふるふると揺れた。画質の良くない映像でも、リサの表情が驚きに変わったのが見て取れた。

「これって」

「覚えてる?」

「うそでしょ?」

リサは遠い昔の記憶が蘇ってきたのか、思わず息を呑む。遠い昔、名前も覚えていない場末のカーショップ、安っぽい造花、油塗れの若い男。淡い記憶の中の男と、目の前のマコトが一致しないのか、リサは何度も首を振った。

「うそでしょ!」

今度は絶叫に近い声で、リサが同じ言葉を繰り返す。

「覚えてる?」

マコトも同じ言葉を口にしながら、リサに花を差し出した。リサは、反射的に花を受け取る。受け取った手が、ガクガクと震えているように見えた。

「うそ、うそうそ」

「嘘じゃない」

「だって、その頃大学に行ってたはずじゃん、マコトは」

「それが嘘」

　マコトの声には、曇りが無い。

　モニター前に集まった人間たちは、何のことかわからず、しきりに首をひねっていた。マコトは、まるでその様子が見えているかのように、芝居がかった説明口調で語り出す。

「一流大学出のエリート、なんてのは大嘘。俺は、ただの自動車整備工だったんだよ。そこに、リサが来た。真っ赤な車を派手にぶっ壊してな」

「信じられない」

「なんかさ、ちゃんと話してみてえな、と思ったわけよ。けどさ、貧乏人じゃ相手にされねえかな、と思ってさあ」

「話したいって、それだけで？」

「その日のうちに飛び出して、その日からアホみたいに金を貯《た》めて、会社を買った。リサの親父さんほどにはなれなかったが、血を吐きそうなくらい働いたら、少なくとも同じ世界の入口にまでは辿り着いた」

　都会のど真ん中で、血まみれで倒れていたアイツの姿を思い出す。

「もうちょっとド級の金持ちになっておきたかったけど、まあ俺にしちゃこれでも上出来だろ、ってもんでさ」

「また、そんなこと言って、ドッキリとか言うんじゃん」

「そう。今までの俺は全部嘘でした、実はあのときの男だったのです、ってパターンのやつだけどな」

リサは両手で口を押さえたまま、硬直して動けない様子だった。

「どうよ、さすがに驚いたろ」

「バカじゃない？　だって、そんなわけないじゃん！　だって！」

「そんなわけあるんだよ」

「できるわけないじゃん！　そんなこと」

「できるんだよ」

リサは口をパクパクとさせ、首をふる。

「俺はドッキリストだからさ」

ステージの前には、黒山の人だかりができていた。イベントスタッフの連中は警察に連絡しようとし、なんとしてもこの映像を押さえたいマスコミの連中がそれを邪魔しにかかった。俺としては、マスコミが食いついてきたことは嬉しい誤算だった。

「ねえ、なにこれ！　なんなの」

リサはしばらく立ち上がったり座ったり、シャンパンを飲んだり頭を抱えたりしていたが、手に持たされた花に、紐がくくりつけられていることに気づいた。

「こういう紐は、とりあえず引っ張ってみる、ってのが礼儀だろ」

「嫌だよ！」

「なんでだよ」

「だって、あの時、引っ張ったら、なんかバン、とかいって、ビビったし」

「あれでビビってたのかよ」

意を決したようにリサがおずおずと紐を手繰る。赤くて丈夫な紐が、マコトの右手からするすると現れる。紐には万国旗がくっついていた。思わず、リサが噴き出した。

「なんで、あの車屋の人が、ここにいるわけ？　信じらんない。ほんと、信じらんない」

「さあな」

「どんだけのバカなの？　頭おかしいんじゃない？」

「おかしくなったんだよ。誰のせいだと思ってんだ」

お前がおかしいのは元からだ、と俺は心の中でツッコむ。

リサは驚きと喜びと、ほんの少しの不安が入り混じったような表情で、確かめるようにゆっくりと手繰っていく。唐突に紐がぴんと張って、少しの張力が働く。手の中で重みを増した紐に、リサは、はっとした様子で手を止めた。

「また、バン、とか鳴ったら萎《な》える」

「どうだろうな」

「どうなの」

「当ててみろよ」

「当てていいわけ？」

「当てられるもんなら」

リサは少し、次の言葉を発するのに間をおいた。

「指輪が出てくる、とか」

「ほお」

「そして、結婚しよう、って言うとか、そういうサプライズだったら、超アガる」

「サプライズ？　ドッキリって言えよ」

「嫌だよ」

「なんでだよ」

「かわいくないじゃん、ドッキリとかって」

マコトはにやっと笑って、握り締めた右手をちらつかせる。リサの手にした花に括り付けられた紐は、アイツの右手の中に続き、ぴんと張り詰めていた。リサは、おそるおそる紐を引く。かすかな抵抗を感じた後、アイツの右手から、小さな光芒《こうぼう》を出す指輪が現れた。見た目よりも重量感のある、小さなプラチナの円形。瞬間、リサの顔がぱっとはじける。モニター前の人だかりからも、どよめきが起きた。ちらほらと拍手も起こる。どうやら、テレビ番組の企画か何かと思われているらしい。

「あたしに？　くれるの？」

リサは親指と人差し指で小さな指輪をつまみ上げ、プラチナの円越しにマコトを見た。もちろんだ、そして、俺と結婚して欲しい。マコトがそう言ったなら、リサは幸福の絶頂を迎えたことだろう。これほど劇的な展開の中にあって、冷静に「経歴詐称男と結婚は無理」などと言えたら、たいしたものだ。大抵の人間は、目の前のファンタジーに、半ば呆然と取り込まれてしまう。リサもそうだった。

「ほしいのか？　こんなの」

「うん、ほしい、けどさ」

「こんなの、趣味じゃないだろ。デザインは古臭いし、ダイヤが微粒子みてえなサイズだし」

「うん、まあ、ってことはないけどさ。じゃあ、なんで？」

「これは、俺の終わりの始まりだ」

「意味わかんない」

「つまり、俺がここに至るまでの歴史だ」

リサがつまみあげた指輪には、花に括りつけられた紐とは別に、もう一本、今度は青い紐が結び付けられている。紐は、相変わらずマコトの右手の中に吸い込まれている。アイツは「続きがある」とでも言うように、紐を揺らしてリサを促す。

「何が出てくると思う、次は」

「わかんないよ」

「わかるだろ」

「わかんないって」

リサは、小さくて地味で、それでも輝く指輪に括りつけられたもう一本の紐を、ゆっくりと手繰る。万国旗はついていなかった。紐はまたするすると手繰られていき、そのうちまたぴんと張る。やがて、小さなポリ袋が姿を見せた。中には、砂粒のように小さな赤い欠片《かけら》のようなものが入っている。

「なにこれ」

「塗膜片だよ」

「とまく?」

アイツはそれ以上何の説明もせず、さらに紐を手繰らせる。やがてまたアイツの右手の中を、産道を通る赤子のようにゆっくりと、何かが蠢く。紐に引っ張られて、丸まってボロボロになった、一枚の紙切れが現れた。リサはその、くしゃくしゃの何か、を、手の中で静かに広げていく。

「なに、これ」

「犬さ」

俺はそれが何か知っている。一枚の、古い写真だ。

＊　＊　＊

十一年前のあの日も、とても寒かった。夕方頃から雪が音も無く降り始め、道にうっすらと積もり出していた。マコトの転居祝い兼クリスマス会は、もうじき始まる予定だった。

俺は頃合いを見て出かけようとしていたが、出発直前になって便意をもよおし、予定より十分ほど遅れて家を出た。用意したサンタクロースの衣装は、裾やら袖やらの末端がどうしてもだぶついていて、急いでいるのにやたらと歩きにくかった。

ありったけのクラッカーや菓子類、酒などを捻じ込んだ白い袋を背負い、日没ととももにあっという間に暗くなった道を、早歩きで進む。自宅からザリ川公園を横断し、ザリ川の流れる私道を抜けて、林道に入る。マコトのアパートは、林道を抜けて県道を渡り、貯水池横の小道を抜けて少し行ったところにある。何度も通った道だ。頑張れば目をつぶってもなんとか辿り着けるだろう。

世間ではクリスマスだなんだといっても、田舎の住宅地においては特に変化の無い冬の日だった。時折、無節操に電飾をちりばめた家が見えるくらいで、後は何も変わらない。俺が行ってきます、と一声かけたとき、伯母は味噌汁を温めている最中だった。夕ご飯は？　と聞かれたので、今日は要らない、と答えた。

林道は薄暗く、ところどころにぼんやりと光る街灯だけが頼りだった。街灯は無機質な光を夜に落とし、首をうなだれていた。闇の中に浮き出した光の中には、絶えず落ちてくる重そうな雪が見てとれた。水分を含んだ重い牡丹雪《ぼたんゆき》は、起毛したサンタクロースの衣装にしつこくまとわりついてきて、俺を苛つかせた。

「メリークリスマス！」

俺は口の中で、何度かそのセリフを練習していた。陽気に振る舞う、というのは、数多い俺の苦手分野の中でも特に苦手なもののひとつであったが、今日はそうも言っていられなかった。俺はその日、人生で初めてドッキリを仕掛ける側になるはずだった。

徹夜をして作り上げた特別製のクラッカーは、紐を引っ張ると十二本のクラッカーがいっせいに火を噴く。俺は、メリークリスマス、とわめき立てながらアイツの部屋に乱入し、クラッカーを鳴らす。どさくさにまぎれて電灯を消し、騒ぎをあおりながら時間を稼ぐ。いそいそと足を動かしながら、俺の胸は高鳴っていた。

北から走ってくる風は、だぶついた衣装の隙間を抜けて肌に刺さる。身を縮め、亀のようになって林道を歩かなければならない。林道を抜けると、視界が開けて、県道四十六号に辿り着く。相変わらず車通りの少ない道は、ひっそりと静まり返っていた。ただ、しんしんという雪の音だけが聞こえている。俺は少し考えをめぐらせたが、急ぐ足を止め、傍らの押ボタンを押した。

「押ボタンの立場がねえからな」

押ボタンを押すと、車道に張り出した信号は、けだるそうに黄色の信号を点灯させ、やがて赤信号に変わった。歩行者用の信号が、さあ、さっさと行けよ、と青信号を点灯させる。俺はその間、白い袋を背負ってがちがちと寒さに震えながら、数十秒の時間を過ごしていた。だが、歩行者用信号がせっかく行けと言っているのに、何故か足を踏み出せずにいた。焦《じ》れたように、歩行者用の青信号が点滅を始める。それでも、俺はじっと立ちすくんでいた。

――俺は、ヨッチが、好きなんだ。

急に、ヨッチとここを通った時のことを思い出した。ヨッチは、何かを噛み潰すような引きつった笑みを浮かべ、くるくると舞い、そして泣いた。
——あたしもさ、キダちゃんのこと大好きだよ。
どこか遠くから、ヨッチの言葉が次々と聞こえてくる気がした。俺の、心の深い場所にひっそりと整理された言葉は、浮かんではふわっと冬の空気に溶けていく。

「あたしは、死ぬ必要がないから生きてるし、生きている必要がなくなったら死ぬんだよ、きっと」

県道に沿って、白い街灯が点々と光を落としていた。夜を照らして、明るくしようというポジティブな気概など感じない、申し訳程度の光だったが、照らされた道は闇夜に浮かび上がって、ステージのようだった。目の前には雪でかき消されようとしている横断歩道が、俺の歩くべき道を指し示している。迷うことなく県道を渡り、遅れを取り戻しながらマコトのアパートに急がねばならない。

俺の足が動かないのは、県道を渡りきった辺り、横断歩道からやや外れた街灯の光と闇の切れ間に、いつもと違う何かが見えたからだった。夜目のきかない俺は、目を凝らしていったいそれが何なのか、いぶかしげに見ていた。
どさり、と背負っていた白い袋を取り落とした。その音に弾かれるように、俺は二歩三歩と、誰も通らない県道に進んだ。歩行者用信号は赤だったが、もうどうでもよかった。ゆっくりと、歩道に横たわる影に近づく。俺と、雪以外は、すべての時間が止まっていた。

「ヨッ、チ」

淡々と降り積もる雪が、すべてをかき消そうとしていた。県道の真ん中には、何かが砕け散ったような破片が散らばっていて、積もった雪がかき乱されていた。そこから、大きな筆で一文字を描くように雪が払われていた。そして、闇に頭を突っ込む形で、うつぶせになったまま動かないヨッチがそこにいた。顔は見えなかったが、それはヨッチに間違いなかった。俺が、ヨッチを他の何かと見間違えることなど、絶対にありはしないからだ。

「ヨッチ」

震える声で、もう一度、その名を口にした。

「おい」

おそるおそる近づき、円を描くようにヨッチの周りを回る。左側に回りこむと、ヨッチの横顔が見えた。鼻と口から噴き出した血は、黒く固まり始めていた。ヨッチはうっすらと目を開けたまま、もう二度と動かない何か、に変わってしまっていた。

ヨッチの右手は、何かを求めるように雪を掻いていた。薄く、透明な瞳は、もう何も見ていなかった。血と雪と泥に混じって、顔には涙の跡が残っていた。俺は呆けたようにその場に立ち尽くし、どうしていいかわからないまま、息を吸ったり、吐いたりしていた。

とても寒い、凍えるように寒い日だった。

＊＊＊

俺はポケットに突っ込んでいた財布を引っ張り出し、一枚の写真を取り出した。アイツのものとまったく同じ、ところどころ擦り切れ、ボロボロになった写真だ。誰もいない砂浜で、マコトが仁王立ちになってピースサインを出していた。俺はその横で、引きつった笑みを浮かべながら、控えめに親指を立てている。そして、俺の背中によじ登りながら、得意げな顔でウインクするヨッチが写っている。俺とマコトの世界に、ヨッチという一人の人間がいたのだということを証明出来るものは、もはやこの写真だけだった。

マコトも俺も、ヨッチがいたことを忘れまいとするように、日に一度はこの写真を取り出して眺めた。そのうち、写真は擦り切れ、折り目がつき、色褪せてきた。たった十年余りで、ヨッチという存在は消えようとしている。それはとても、さみしいことだった。


「覚えてるだろ？」

　マコトの声が聞こえる。

「犬」

「そう。轢いたんだろ、車で、犬を。車持ってきたときに、そう言ったよな。びくびく痙攣《けいれん》する犬を引きずって、歩道にほっぽり出したんだろ」

　映像ではわかりにくかったが、見る間に青ざめるリサの表情を想像して、なんとも言えない気持ちになる。

「嘘」

　リサが嘘、嘘、嘘、嘘、とヒステリックに繰り返す。声が震えていた。

「でも、それは犬じゃなかった。人間だったんだ。そして、あろうことか、その人間とはヨッチだった」

　リサは呆然とした表情で、違う、と首を振る。

「ヨッチは俺たちとクリスマス会をするってんで、ちょっと離れた肉屋に予約しておいた鶏の丸焼きを取りに行く途中だった。そこのチキンは旨いと評判だったからな。トリをトリに行く途中だぜ？　笑えねえ」

アイツは吐き捨てるように言って、言葉とは裏腹に大声で笑った。すべての感情が流れ去ってしまったような、空虚で透明な笑い声だった。リサも、俺も、会場中のすべての人間も、息を呑んだまま何も言えなかった。さっきまで、やれ警察だなんだと騒いでいた連中も、皆一様に動きを止めてモニターの映像に釘付《くぎづ》けになっていた。二人の会話の内容を、完全に理解している人間は俺だけだっただろうが、ぼんやりとした輪郭には誰もが気づいていた。そしてそれが、途方も無いスキャンダルであることも、きっとわかっていた。

「俺は、こいつを渡すはずだったんだ。ヨッチになな。今日は記念日になるはずだった」

マコトは、リサが取り落とした指輪を左手で拾い上げ、ぐっと握り締めた。

「なんなの」

リサの両目から、涙が溢れ出しているのがわかった。

「知ってる？　日本てさ、轢き逃げにあった被害者が死亡した場合の検挙率って、限りなく百パーセントに近いんだってよ。警察も人が死んだとなれば本気で捜査するしさ、人が死ぬくらいの勢いでぶつかると、いろいろ証拠品も残っちゃって、逃げ切るのが難しいんだよな」

例えば、そういうのな。と言いながら、アイツはまだリサの手の中にある塗膜片を指さす。リサは思わず、ポリ袋を放り捨てた。

「ヨッチの周りには、その破片がいっぱいあってさ。警察の人が、呆然としてる俺に言うわけよ。犯人は必ず捕まる。捕まえる、ってな。でも、一向に犯人は捕まらなかった。それだけじゃないんだよ。普通さ、若い女が轢き逃げ事件で死にました、っていったらさ、全国とは言わずとも地方紙の朝刊くらいには載るだろ？　けどさ、ヨッチの記事はどこにも無かった。翌日の夕刊にも、テレビでも取り上げられない。気になって警察署に行くとさ、部外者には教えられないの一点張り。さすがに俺みたいなバカでも気づくわけよ。こりゃ、なんかおかしい、ってさ」

「なにが言いたいわけ」

リサの声は震えていたが、悲痛さはなかった。自分の中で爆発しそうな激情がコントロールできずに、涙となって溢れ出しているのだと、俺は思った。それは恐怖や不安ではなく、怒りであり、苛立ちだろう。

「言いたい、というか、聞きたいのは、ひとつだけだ」

「なによ」

「覚えているだろ、ヨッチをさ」

マコトは、声を荒げることもなく、淡々と言葉を発する。憎悪であったり、怒りであったりという感情はごっそりと欠落してしまっていて、ただ、さみしさだけが残っている

ような、そんな声だった。頼むから覚えていると言ってくれ、と、哀願しているように
さえ見えた。

「知らない」

「知ってるだろ」

「知らないっつってんでしょ！」

「知ってる」

「あー、もう、クソウザい！　知らねえっつってんじゃん！　帰る！」

「知らねえとか言うんじゃねえよ！」

マコトの絶叫が、大型スピーカーを通して広場にこだました。アイツがあれほどの声を出したのは、いつ以来だろう。立ち上がって帰ろうとしたリサの腕を引っ摑み、強引に座らせる。リサが小さな悲鳴を上げ、次いで汚い呪詛の言葉を漏らした。

「確かにいたんだよ、ヨッチは。よく一緒に映画を観たんだよ。口が悪くて、背が低くて、クソ辛いナポリタンが好きなんだよ」

「知らない。知らない。知らない。知らない！　知、ら、な、い！」

「あれはヨッチだ。犬じゃない。どこかの知らない誰か、でもない。ヨッチだ」

「うるせえな！　だから、なんだよ！」

はっとなって、俺は拳を握り締めた。リサの声のトーンが変わったからだ。その変化

には聞き覚えがあった。責め続けられて、ストレスを受け続けたリサは、必ず爆発する。計算通り、と言ってしまうのは、何故か悲しかった。アイツが十年前に立案した作戦は、いよいよ決着の時を迎えようとしていた。

「あたしがじゃあ轢いたつったらどうすんだよ。それで満足なわけ？　うん、じゃあ言うわ。轢いたよ。轢いた轢いた。しょうがないじゃん、車の前に飛び出してきやがってさ、避けらんなかったんだもん。あたしが悪いんじゃない。なのに、自殺まがいの飛び出しだろうが、車が悪いことになるじゃん。ふざけんなって。無免だろうがさ、こっちは普通に運転してんのにさ、勝手に飛び出してきて勝手に死んだ女のために人生滅茶苦茶になるとか無理でしょ。金かけて車直してさ、結局親バレして、超殴られてさ、半年も外出禁止くらってさ。それくらいでもうよくない？　それともなんなの、やっぱりあれだ、復讐《ふくしゅう》とかしたいわけ？　どうすんの？　殺すの？　警察に言うの？」

マコトはむっつりとしたまま、何も言わなかった。

「もうさ、終わっちゃったんだよね、これ。パパがもう全部なんとかしちゃってさ、もうどうにもなんないでしょ。それをわざわざ、なに？　社長にまでなって？　スゲエ執念。くっさい演出までして、何がしたかったの？　あたしをイラつかせて終わっただけだけどさ、今のとこ」

ほんとにバカじゃないの、とリサは付け加えた。俺は、じっと目を閉じた。リサの言葉は許しがたいものだとは思ったが、不思議と怒りは湧いてこなかった。十年間、この言葉を聞くために生きてきたのだと思うと、終わってしまった、と、ひどく虚しくなった。

居合わせたすべての人間の視線がモニターに向いていることを確認しながらステージを下りると、裏の暗がりに座り込んだ。これ以上先は、見る気がしなかった。物語は終わった。後は、長く切ないエンドロールが流れていくだけだ。

携帯電話と繋がっているイヤホンを、耳から外して、投げ捨てる。ステージ前では、悲鳴まじりの騒ぎが起こっていた。

「俺はさ、ヨッチの存在を消したくなかったんだよ」

マコトは吐き出すようにそう言った。

「残念」

「もしリサが、ヨッチのことをずっと忘れられずにいたのなら、それでよかった。それが後悔であっても、罪悪感であっても、バレるんじゃないかって不安でも、最悪、犬蝶いた、ってのと同じくらいの後味の悪さであってもよかった。事件がニュースでちょっと取り上げられるだけでもよかった。とにかく、ヨッチという人間が確かにいて、その生きた証拠が少しでも残っていれば、俺はよかったんだ」

「何言ってんの？　頭おかしいんじゃないの」

「誰かの記憶の中にいるなら、ヨッチが生きていたんだって思えるだろ。けど、そうじゃなかった。ヨッチの存在は意図的に消されようとしていて、ヨッチのことは忘れ去られようとしていて、放っておけば、本当に、完全に、消えてしまう」

ヨッチは、リサの親父が八方手を尽くしたせいで、完璧に闇へと葬られた。事件は「なかった」ことになり、リサは「なにもしなかった」ことになった。そして、ヨッチは「いなかった」ことになった。

リサの親父は陰湿な完璧主義者だった。クソ田と似た人間だ。事件を「なかった」ことにしてしまうだけでは満足も安心もしなかった。事件に関わる何もかもを消し去ろうとしたのだ。

ゆっくりと、着実に、リサの親父はヨッチの痕跡《こんせき》を潰していった。誰かがこの事件を掘り返そうとしても何一つ見つからないように、世界を作り変えていった。金の力は強い。世界の理《ことわり》を捻じ曲げることも、さほど難しいことではなかった。

「もう死んじゃってんだからさ、消えようが消えまいが同じじゃん」

「同じじゃない。生きていたことすら、嘘になっちゃうんだぜ」

「さあ」

「そんなの、さみしいだろ」

別の世界の出来事のようなアイツの声を聞きながら、俺はサンタの白い袋から、電話の子機に似た機器を取り出した。アンテナを伸ばし、電源を入れる。さらに発煙筒を二本取り出し、ポケットに入れておく。代わりに、盗聴に使った携帯電話、ノートパソコンに差し込んだ記録メディア、アイツが持っていたのと同じ塗膜片をサンタ袋に突っ込んだ。最後に、ヨッチの写った写真を入れようとして、少し躊躇する。携帯用のLEDライトを取り出し、明かりをつける。白い光の中、擦り切れた写真が闇に浮かび上がった。俺は、目に焼き付けようと何度か瞬《まばた》きをした後、写真をたたんで袋の中に入れた。ライトを消すと、再び闇が帰ってきた。袋を、気絶中のかわいそうなサンタが転がっているひな壇の中に一緒に隠し、よし、と立ち上がる。

ステージ横に戻ると、ちょうどリサが立ち上がるところがモニターに映っていた。同時に、マコトの部屋に、巨漢の黒人が飛び込んでくる。黒人は体格に似合わずすばやい身のこなしで二人の間に割って入り、ソファに座ったマコトを引きずり下ろして、腕の関節を絞り上げ、ヒザで首根っこを固めて制圧した。マコトは派手に痛え、と叫んだ。

「おい、なんでボブが入ってくんだよ」

「誰よボブって」

「こいつだよ、このデケえボブだよ。なんで合鍵持ってんだよ」

リサはため息をつくと、手に握った小さな機器をちらつかせた。ボブ的な男は、何か英語でリサに話しかけ、リサもそれに応じた。簡単な経緯を説明しているようだった。

「さっき、コールボタン押したから。ボディガードくらい当たり前でしょ」

アイツは必死にもがくが、屈強な黒人は微動だにしない。

「その人、プロだから。骨の一本二本で済むと思わないほうがいいよ」

「知ってるよ」

「は？」

「昔こいつにぶん殴られたことがあるからな。肋骨五本、眼窩《がんか》骨折。ひでえ目にあった」

リサは、また流暢《りゅうちょう》な英語で〝ボブ〟に話しかける。男は首を振って、覚えていない、と答えを返した。

「あたしを殺すならさっさとすればよかったのに」

「コールボタンを持ってるのは知っていた」

「なにそれ、負け惜しみ？」

「押すまで待ってたんだよ」

「なんのためによ、バカじゃないの？」

「なあ、押ボタンてさ、何のためについてると思う」

「は?」

組み伏せられたまま、まるで見当はずれなことを言うマコトに、リサが嫌悪の視線を向けた。

「押すためだよ。押さないと、押ボタンの立場ってもんが無いだろ」

リサは、意味わかんない、と言ってくるりと後ろを向く。

「ヨッチの口癖だった。あの横断歩道は、押ボタン式信号だ」

「何が言いたいの」

「ヨッチが信号無視して車の前に飛び出すことなんか、絶対にありえない、ってことだよ」

リサは舌打ちして、何も答えなかった。

「赤信号を無視したのは車だ。横断歩道を渡るヨッチの姿に直前で気づいて急ブレーキをかけた。あの雪の日に、馬力だけはバカみたいにある車で急ブレーキを踏めば、結果は見えてる。見事に一回転した車にヨッチは弾き飛ばされて、頭を打った。それが真相だ」

「だから、それがなんだって言うのよ」

「ヨッチをはねたリサは、一旦路肩にヨッチを引っ張っていったが、救急車は呼ばずに、そのまま逃げた。救護義務違反、つまり、轢き逃げだ」

「あたしって、ほんと、男運ない」

リサが、〝ボブ〟に目配せをする。男は膂力《りょりょく》に任せてマコトを強引に立ち上がらせると、無表情で拳を固め、叩き伏せようとした。マコトは、何事か叫びながらヘラヘラと笑い、オー、ボブ、プリーズ、などと言いつつ、握手を求めて空いている手を差し出した。日本人である俺には、見慣れない黒人の表情の変化はよくわからないが、どことなく辟易とした表情に見えた。当然、男は握手の申し出などに耳を貸す様子はなかったが、一瞬の間が出来た。その隙を突いて、アイツは男の手に触れる。瞬間、男は甲高い悲鳴を上げて後ろにひっくり返った。

「ちょっと、なにしてんのよ!」

握手や挨拶に見せかけた電気ショックは、マコトの得意技だった。手が触れた瞬間、腰が突っ張るほどの衝撃が走ってひっくり返る。いつもは、マコト曰く「絶妙な具合にコントロールされた」それは、いたずらと言うには強力すぎるが、暴力と言うほど強くはない、というレベルに設定されているらしいが、今日は違った。屈強なボディガードが、赤子のような悲鳴を上げてひっくり返るほどの強さに設定されていた。

男は苦痛の声を上げながら、それでも懸命に立ち上がろうとしていた。それを尻目に、リサはじりじりと後ずさりし、部屋を出て行こうとする。マコトは、何かをやりきったように、うずくまる男を見下ろしたまま、動かなかった。ぎゅっと握り締めた左手を胸に置き、そのまま目を閉じる。手の中には、小さなプラチナのリングがある。

リサはじりじりと数歩歩いて、急に止まった。

「なによ、これ」

リサの右手小指に、いつの間にか紐が括りつけてあった。紐は、アイツの右手を通って、袖の奥にまだ繋がっている。

「いつの間にこんなこと」

リサはまた舌打ちをし、結ばれた紐を解こうとするが、固結びになっていてなかなか解けない。アイツが絶叫しながら強引にリサを座らせたときに結んだものだ。アイツが昔、猛練習の末に習得したちゃちなロープマジックは、時を経ても変わらず、見事に決まっていた。

その瞬間、俺はステージ横から飛び出し、手に持っていた電話の子機のような機器のスイッチを入れる。いくつもの炸裂音《さくれつおん》とともに、モニター前の長椅子が一斉にひっくり返った。固唾《かたず》を呑んでモニターを見守っていた人々は、突然椅子がひっくり返ったことに動転し、逃げようと必死に立ち上がる。そこに、俺は発煙筒をいくつか投げ込み、狂ったように「爆弾だ！」と叫んだ。火薬の臭いと煙、そして俺の怒号があいまって、モニター前は完全にパニックと化し、一斉に人々が逃げ惑う。なるほど、俺のように、椅子がひっくり返っても微動だにしない人間は少ないのだな、と、いつぞやアイツの会社で仕掛けられたドッキリを思い出す。俺はなおも、声を張り上げて、爆弾だ、と叫びながら走り回った。さながら、羊の群れを追い回す牧羊犬だ。

「なんなのよこれ、しつこい」

「運命の赤い糸さ」

煙に巻かれた大型モニターの中で、アイツは笑っていた。まだ痛みが治まらないのか、男はギリギリと歯を食いしばりながら立ち上がり、アイツの両肩を乱暴に摑んだ。はずみで安物の衣装は、フロントのボタンが弾けとび、無残にずり落ちた。衣装の下には、俺が川畑洋行で取り寄せた、とびっきりの米国産リンゴが五つ、ワイヤーで連結されている。男の目が大きく見開かれ、その連結されたルートを辿る。辿った先には、赤い糸を経て、リサの右手小指があった。

「そいつは頼まれたんだよ、渡せってさ」

マコトがソファにどかっと腰を下ろすと、ビン、という音とともに、アイツの手から小さな金具がついた、細い針金のリングが飛び出した。プラチナの指輪とは随分趣の違う、飾り気の無い、無骨なリングだ。

「なによこれ！　誰によ！」

すべてを悟った男は、咄嗟に飛び退り、調度品の陰にもぐりこむ。アイツが首から下げているのは、ストッパーのついたリングを引き抜くと内部の信管に点火、五秒後には派手に吹き飛ぶ物騒な果実だ。米軍に卸す前の、メーカー直送の新品。威力は結構なもんだよ、と川畑は言っていた。

「マチルダにさ」

「誰よ！」

「なんだよ、観とけよ。『レオン』。名作だぜ？」

という、アイツの最期のセリフは、聞こえなかった。

もうもうと煙を上げるモニター付近を見ると、椅子と一緒にひっくり返ったまま、動かない女性が見えた。まさか、倒れるに任せて微動だにしない人間はいまい、と思っていたが、念のため発煙筒を焚《た》き、「爆弾だ」と騒ぐことで、間違いなくここから人が逃げ出すようにしたはずだった。その念押しが裏目に出たのか、女性は恐怖のあまり気を失ってしまったのかもしれない。

俺は倒れた女に駆け寄ると、急いで覆いかぶさる。その瞬間、上空で強烈な閃光《せんこう》が走り、パンパンに膨らませたポリ袋を、思い切り叩き割ったときのような、バーン、という破裂音が夜空に響いた。長椅子爆破ドッキリで一斉に逃げ出していたギャラリーが、また金切り声を上げる。

体を丸めていると、小さな破片がばらばらと降り注いできて、俺の背中に当たった。幸運なことに、大きな破片や、鋭いガラス片は降ってこなかった。ほっとして自分の下で倒れている女性に目をやると、思いもよらず、小さな子供と目が合った。ちりちりと丸まった髪の毛には、見覚えがあった。母親は、子供を抱えたまま気絶してしまったらしい。相変わらず子供の目は、心の奥底を覗いているようだった。こんな大騒ぎの中でも泣きもせず、俺の目を真っ直ぐに射貫《いぬ》く。

誤魔化すように「メリークリスマス」と言うと、子供はまた、にこやかに笑って手を振った。

母子から離れ、俺はおずおずと立ち上がった。見上げると、ホテル上層階の一室から、白い煙が上がっていた。さっきまで逃げ惑っていた人々も、声を失ったまま、空を見上げていた。

俺はたまらなくさみしくなって、マコト、とつぶやいた。胸の痛みを感じて顔をゆがめる。目からは、ほんのわずかだが、涙がこぼれていた。俺はようやく、自分の欠けているものがなんなのか、わかった気がした。俺の、ほんの少し、かりっと欠けた部分。

だが、もう俺たちの世界は終わった。元に戻ることは、無い。

断片 (11)

「昨日午後八時二十分頃、都内の高級ホテルで爆発物が爆発し、男女二人が死亡しました」

「爆発はホテル四十二階の一室で起こったと見られ、同室に宿泊中であった男女二名が死亡しました。ホテルの記録などにより、死亡した女性はモデルでタレントのＬＩＳＡさん、男性はＬＩＳＡさんと交際中の会社社長、小野瀬マコトさんと見られていますが、二人の遺体は損傷が激しく、現在警察が司法解剖などを行い、身元の確認を急いでいます」

「また、爆発の際に窓ガラスの破片などが飛散しましたが、ケガ人は出ていないもようです」

「室内で爆発した爆発物は、複数の手榴弾と見られ、警察は自殺、テロ事件の両面から捜査をするとともに、付近の警戒を強く呼びかけています」

「以上、現場からお伝えしました」

世界の終わりと冬の青空

◆十二月二十五日　三十一歳

横断歩道を渡りきると、いつもの場所に辿り着いた。十一年前のクリスマス・イヴ、ヨッチが倒れていた、県道四十六号の横断歩道。戻ってきた静寂のおかげで、心臓は車に轢かれかけたショックから立ち直っていた。

「メリークリスマス！」

誰もいない県道沿いの歩道で、クラッカーの紐を引く。パン、と地味な音がして、色とりどりの紙テープが飛び出した。あの雪の日とは打って変わって、太陽の光が暖かかった。俺の口からは、実に陽気な「メリークリスマス」が飛び出していたが、それでぎゃあぎゃあと騒ぐ人間は、もういなかった。

奇跡的に割れずに済んだシャンメリーの栓を開けると、一口喉に流し込んで、残りをガードレールの根元に注いだ。すぐそばには、枯れて茶色く変色した花が突っ込まれた汚いコーラ缶と、今しがた火をつけたメンソールの煙草が置いてあった。

俺とマコトは、お互いの予定の合間に、よく連れ立ってここに来た。ヨッチが吸っていたメンソールの煙草を線香代わりに置いて、コーラ缶に挿した花を置く。しばらく、この場所で時間を潰して、懐かしい道を歩く。

どの風景の中にも、ヨッチの記憶があった。俺たちは、毎回同じ道を歩き、同じ思い出を語った。隠遁《いんとん》したジジイの散歩のようなものだ。大の男が二人いて、生産性もなければ、建設的でもない。ヨッチはあの時ああ言った、ヨッチはあれが好きだった、と言い合っては、一つ一つの記憶を深く、太く刻みなおして、自分に取り込んでいく。そういう作業だった。

「十年で、結構わかったことがある」

目の前に、何ヶ月か前のアイツが立っていた。半透明で存在感の薄いアイツの幻影は、記憶の中にあるセリフを、全く同じ調子で語る。

「なんだよ」

「結局、金には勝てない」

思わず、俺は噴き出した。

「いまさら」

＊＊＊

四月の月命日、俺たちはまた、あの横断歩道にいた。周りには誰もいなかった。花瓶代わりのコーラ缶に新しい花を挿し、メンソールの煙草に火をつけて線香にする。今までに、何度その行為を繰り返してきただろう。

辺りには相変わらず誰もおらず、車は一台も通らなかった。この道で、人と車が鉢合わせする確率は、いったいどれほどのものなのだろう。

「なあ」

「うん？」

「ヨッチはいたよな」

「ああ。いたよ」

「そうだよな」

「間違いねえよ」

「俺とお前だけ、なんか変な幻みたいなものを見ていて、ヨッチなんて、いもしない誰かを、さも本当にいた人間のように記憶してしまっている、なんてことは無いか？」

「無いな」

でも、証明するものも何も無い。と、俺は吐き捨てた。

俺たちが過ごした小・中学校、ヨッチの高校、短大。ヨッチの痕跡の残る施設は次々に統廃合されたり、買収されたりして消えていった。ヨッチの戸籍、転居履歴、通院記録、そういった類のものも、念入りに一つ一つ潰されていた。警察の捜査資料もあらゆる手段を講じて調べたが、何も残っていなかった。

事件の物証とも言うべき塗膜片は、ヨッチの周辺をおろおろ歩き回ったおかげでサンタクロースの衣装に偶然付着したものだ。それも、持っていたところで何の意味も無かった。あの事件自体が「なかったこと」になってしまったからだ。

「プロポーズ大作戦」

「うん？」

「最後はどうなるんだ」

マコトはリサに辿り着いた。この後どうするんだ、と俺が聞くと、アイツはいつも、もう少ししたら話す、とはぐらかしていた。

「リサの親父の部屋があるビルがあるだろ？」

「ああ、東京の。ホテルかなんかが入ってるとこだろ？」

「毎年、敷地内の公園みたいなところで、クリスマスイベントをやるんだ。それなりに人も集まる」

「同じ建物の、ホテルのスイートをもう取ってある」

「そうなのか」

「気が早いな」

「そこに、リサと泊まる」

「それで?」

「イベント会場には、でかいモニターがある。それを乗っ取って、俺が泊まった部屋の隠し撮り映像を流す。リアルタイムでな」

「どうやって?」

マコトは俺の肩に手をやると、その辺は任せるぜ、と言って笑った。

「思いつきで言うんじゃねえよ」

「詳しくねえんだよ、そういうのはさ」

「俺も詳しくねえよ」

マコトは、とにかくだ、と強引に俺を丸め込んで話を続ける。

「そこでだ、どうにかしてリサに、ヨッチがいたことを認めさせる」

俺はため息をつきながら首を振った。

「ヨッチのことを認めさせるってことは、殺人犯だと自白しろ、と言っているようなものだろ? そんなの無理だ」

「リサは言うさ」

マコトは俺の言葉を遮るように、そうつぶやいた。

「なにか、秘策でもあんのか」

「秘策はねえ。それに確証もねえ。けど、リサは多分、認める」

「どういうことだ」

マコトは、秘策も確証も無いという割に、妙に確信があるような顔をしている。

「クリスマスの夜にだ、男が高級ホテルを予約していたら、女はどう思う」

「まあ、当然悪い気はしねえだろうな。テンションも上がる」

「そこで、こういうことをする」

マコトは右手を差し出すと、ぶるぶると震わせる。反射的に腰を引くと同時に、アイツの手から小さな花が飛び出す。俺はまた、「ふわあ」という声を上げて、思わず尻餅をついた。

「お前な、ほんとふざけるのも大概にしろよ」

「うるせえ」

頬が紅潮していくのを感じながら、すぐに立ち上がる。

「バラすのか、過去を」

「実はあなたのために立身出世してここまで来ましたドッキリ、だ」

「そりゃ、驚くだろうな。脳が沸騰《ふっとう》しかける。お前のバカさが理解不能で」

「そしてどう思う？」

「私のために？　と、感動する、のか？」

「するだろ」

「経歴詐称の詐欺師じゃないか、と憤慨するかも知れねえ」

「ないな。翌朝冷静に考え直せば、そう思うかもな。でも、ドッキリ食らった時点では、そんな判断はできずに流される」

マコトがそういうことを考えながらドッキリを仕掛けていたのか、と、いまさら気づいてショックを受けた。何故こんなにアイツのドッキリに引っ掛かるのか不思議だったが、実は巧妙に心理を読まれていたのかもしれない。

「リサは、きっと十年前のドッキリが頭に残ってる。それと同じドッキリを、全く他人だと思っていた俺が見せる。あの男が、自分のためにここまで成り上がってやってきた。クリスマス・イヴの夜に、ライトアップされた街の夜景を一望できる部屋で、酒に酔った状態で聞かされる」

「舞い上がるな、確かに。結婚を申し込まれる、と思うだろうな」

「そういうことだ。今まで、付き合う男付き合う男が逃げていって、気がついたら結婚適齢期も後半だ。そんなときに求婚される。シチュエーションも、相手もかなり劇的だ」

　佐々木を含めて何人か、「交渉」した男たちの顔が浮かんだ。交渉せずとも幸せな結婚には至らなかっただろうが。

「人生最高の瞬間だ、と、思う、んだろうな」

「でも、プロポーズはしない」

「しないのか、やっぱり」

「そうだ。すべて、洗いざらい、ぶちまける。ヨッチのことをだ」

「最悪だな」

「そう、最悪だ。リサは幸せ気分から、不幸のどん底に落ちる。なのに、目の前の俺は、執拗に責め立てる。いったいなんなんだこいつは、とリサは苛立つわけだ。苛立って、ついには、」

　脳裏に、十年前の光景がふっと蘇った。

「お前、まさか」

「逆ギレする。リサは止まらねえ。開き直って何もかもしゃべり出す。そして、自分が悪いんじゃない、と居直る」

　そんなバカな、と思いながら、俺はリサを初めて見た日のやり取りを思い出していた。宮沢社長を相手に、口角泡を飛ばしてまくし立てるリサの姿が、頭にこびりついている。

マコトの言葉を受け止めながら、もう一度考える。あの時アイツが、リサに、いきなりチンケなドッキリを仕掛けた意味を。

「おい、待て、ちょっと待て」

「確証があるわけじゃねえが、リサは、多分、自暴自棄になって全部しゃべるんじゃないかと思ってる。それが殺人の告白であったとしてもだ」

「おい」

しゃべり続けるマコトの肩を揺すり、言葉を止めさせた。俺の頭は、完全にアイツの言葉に追いついていなかった。

「お前が、あの女に、手品を見せたのは、もしや」

「手品って言うな」

「ドッキリ」

マコトは満足そうに笑う。

「十年前のあの時に、ここまで、全部、」

考えていたのか？　という最後の部分は、喉につっかえて出てこなかった。

「リサの車を見た時に、間違いねえ、この車だ、と思ったからな」

事件現場に散らばっていた破片は、材質も塗装の仕方も、一般的な車のそれとは明らかに違っていた。俺も、リサの車を見た瞬間に、間違いない、とは思っていたが、そこまでだった。

事件から数ヶ月経っても、警察からは何の連絡も無かった。犯人は捕まえる、と、あれほど決意に満ちた目で語った刑事は、その後、姿を見せなくなった。新聞にも、テレビにも、ヨッチの名前が出ることは無かった。誰かが事件を揉み消そうとしていることは明らかで、俺たちは下手に動くことはできなかった。目の前に犯人がいるのに、だ。

「じゃあ何か？　お前はリサを見て、事件を明るみに出すには、公衆の面前であの女の口を割らないといけない、と考えた。そして社長とのやり取りを見て、逆ギレさせればべらべらしゃべるに違いない、と思った。逆ギレさせるにはどうする？　一旦持ち上げて、落とせばいい。どこまで持ち上げりゃいいのか？　最高に幸せなところまで持ち上げて、奈落の底まで叩き落とせばいい。そこで、プロポーズドッキリを仕掛けることを思いついた」

俺は混乱と興奮のせいか、舌が止まらなくなっていた。妙に落ち着いているマコトを見ているうちに、腹立たしい、とさえ思えてくる。

「落ち着けよ」

「劇的なプロポーズにするにはどうする？　貧乏人が、女のために成り上がってきて求婚する、というベタな筋書きを考えたお前は、なんとか印象を残そうと、事務所中をひっくり返して、あのしょぼい手品を披露した。そして、仕事を辞め、会社社長にまでなって、今に至る、とでも言いたいのか？」

「手品って言うなよ」

「ドッキリ」

「まあ、そういうことだ」

「ふざけるなよ」

「ふざけてねえよ」

「あの短時間に、そこまで考えられるか？」

「できるんだよ」

ドッキリストだからな、俺は。とマコトは言った。

「なんなんだお前は。天才なのか」

「今更気づくんじゃねえよ」

「納得がいかねえ」

何故怒っているのかは、自分でもわからなかった。だが、腹の底が熱い。説明のつけられない感情の爆発に、俺は一人で身悶《みもだ》えた。マコトは相変わらず飄々としていて、横に並んでいるにもかかわらず、テンションがまるで噛み合わなかった。

「でもさ、リサがＪＩＭの看板を見たのは、奇跡だったよな」

「それだ、俺はそれも納得できねえ」

「お前は何をそんなにカリカリしてるんだ」

うるせえ、と俺は天に向かって吐き捨てる。

「あの親父にしてはお粗末過ぎるだろ」

リサの親父が事件をすぐに把握していたのは間違いなかったが、リサを世間から隔離しようとはしなかった。警察とマスコミを押さえたことで応急処置を終えたと思っていたのだろうか。

「そうだな」

マコトは、軽く頷いた。

「すぐに潰せばよかっただろ、車だってさ」

「あの車を、ちょっとフロントをぶつけました、ってくらいで廃車にするやつはいないだろ」

「まあ、そうかもしれねえけどよ」

「不自然だ、って業者に怪しまれるのは嫌だったんだ。なにしろ、人の弱みを握ってねじ伏せる、ってのがあの親父のやり方だからな。自分の弱みなんて見せたら終わりだ、と思ってる。息のかかった修理業者でも呼びつけて、内々に処理するつもりだったんじゃねえかな」

「じゃあ、なんでリサをどうにかしなかったんだよ」

「知るかよ」

「わからねえのかよ」

マコトは少し唸って、たぶん、と前置きをした。

「毎年、あの親父は年末年始には海外でパーティをする。取引先やら、表立って会えないような人間を集めてな。当然、広告塔のリサを連れて行かなきゃならねえ」

「そういうもんなのか」

「リサ目当てで来る、太い客もいるからな。行く前に叱り飛ばしたら、へそを曲げて、行かないとか言い出しかねないだろ。それはまずいんだ」

アイツは太い、と言いながら人差し指と親指で円を作って見せた。なるほどな、と納得する。

「おそらく、親父は海外に出ている間に、車のパーツを取り寄せて修理させておく予定だったはずだ。年が明けて帰ってくる頃には修理が完了していて、そこから改めてリサをぶっちめるつもりだった。が、帰ってきても車は直っていなかった」

「なんでだ」

「パーツの取り寄せに思ったより時間がかかったんじゃねえかな。正規店は通さなかっただろうし」

早くても三ヶ月、としかめっ面で言う宮沢社長の姿を思い出した。

「そのうちに、慌ててリサが車を持ち出したってことか」

リサの親父にしてみれば、殺人の凶器とも言うべき車で一般道を走り、見ず知らずの修理屋に持って行く、というリサの暴挙は、理解はおろか、想定すらも出来なかっただろう。そしてそれが、俺たちに唯一無二の手がかりを与えることになった。

「そんなところじゃねえかな。完璧主義が裏目に出たな」

「完璧主義者ってのは、結局は欠陥品、か」

「なんだそりゃ。小難しいことを言うんじゃねえよ」

「旧・小野瀬マコトがそう言ってたんだよ」

完璧主義者であるリサの親父は、事件の揉み消しも、自分のビジネスも、被害を最小限にしなければ気が済まなかった。そうやって、完璧に、完璧に、と不完全さを容認できないせいで、結局、完璧ではなくなる。世界は、不完全なものが不合理に動くことで回っているからだ。

「ちょっとくらい欠けてる方がいいんだよ、きっと」

「お前は欠けていると言うよりは、ごっそり欠落してるんだ」

常識とか、デリカシーとかな、と皮肉る。アイツは反論しなかった。

腹から沸き上がっていた怒りにも似た感情は落ち着いて、今度はため息ばかりが出た。頭が許容できる範囲を超えた事実を突きつけられると、人間はまず混乱し、怒りを覚え、最後には虚しくなってため息をつくものらしい。

「リサは吐くかな」

「さあな。どうだろう」

「それが、プロポーズ大作戦の最終章か」

マコトは、いや、と首を振った。

「頼みたいことがある」

「俺にか」

「爆弾を用意して欲しい」

「また物騒なもんをどうするつもりだよ」

「ふっ飛ばすんだよ」

「何をだよ」

「俺と、リサをだ」

俺はアイツの言うことの真意がわからず、口をパクパクとさせた。

「意味がわからない」

「昔、よくクラッカーボール投げたろ？　教室でさ」

クラッカーボールとは、所謂、かんしゃく玉のことだ。投げつけたり踏みつけたりすると火薬が炸裂して大きな音が出る。パーティ用クラッカーと並んで、ドッキリリスト御用達の玩具だ。

「それとこれと、何の関係があるんだ」

「みんなの注目を集めたいとかさ、そういうときにいいんだよ。俺を見ろ、って感じでさ。みんなびくっとしてから、一斉にこっちを向くわけだ」

「口で言えよ、そんなの」

「口で言うより強烈なんだよ。それと同じことだ。ちょっと派手にした、ドッキリだ」

「お前の中のドッキリの定義は、どこまでをカバーすんだよ」

そこまでいったらテロだろ、と言うと、マコトは口を尖らせて、同じなんだよ、と繰り返す。

「人気モデルが婚約者からプロポーズを受けているところが盗撮されていると思いきや頭上で爆死ドッキリ、なんていう強烈なドッキリを体験してさ、それがニュースにならなかったら、どう思う？」

「なんでだ？　と思う」

「そうだろ。頭上で爆発が起こって、破片がバサバサ降ってくるわけだからな。確かに目で見た事実が否定される」

「誰かが揉み消そうとしてる、くらいは考えるかも知れねえ」

「そう。何故なのか、知りたくなるし、揉み消されると思うと反発したくなる。今はソーシャルメディアの時代だからな」

「ソーシャルメディア？」

「要するに口コミだ。最近は、マスメディアに広告打つより、口コミで広がったほうが物が売れるんだよ」

「ワインの売り方の話はしてねえ」

「一緒だ。ワインの売り方も、真実の伝え方も。何千もの人間の口を、すべて封じ込めるなんて、きっと出来ない。いくらリサの親父でも無理だ。みんな、ヨッチってのはいったい誰だ？　と考える。そういう人間の好奇心を使って、ヨッチは存在し続ける。だから、このドッキリは強烈で、グロテスクで、派手なほどいいんだ」

「よくねえだろ、バカ野郎」

「それに、ヨッチがよく言ってたじゃねえか」

俺の頭に、いつかの光景が蘇ってきて、言葉が詰まった。

――轢き逃げ犯なんてさ、爆弾とかで吹っ飛ばしてやりゃいいんだよ。

「復讐か」

「そういうテンションじゃねえさ」

「だって、あの女も死ぬだろ」

「そうだな。でも、別に憎いから殺したい、とかじゃねえよ」

「じゃあなんだよ」

「ヨッチの存在をなんとか残そうとすると、どうしても最終的にそうなるんだよ」

良識を備えた一般の人間であったとしたら、それでも死ぬなんてどうかしている、と言うだろう。だが、世界からやや逸脱している俺は、もう一度深くため息をついて、アイツの目を見た。なんと言おうとも、もはや結末は変わらないのだと、理解したからだ。

「それなら、爆弾つうか、手榴弾だな」

「手榴弾？」

「マチルダからの贈り物つったら、手榴弾だろ」

「マチルダ？　なんだお前、珍しく映画観たのか。『レオン』だろ？　名作だ」

でもヨッチがマチルダってのは何のことだ、とマコトは首をかしげた。

「ヨッチは、マチルダだったんだってよ」

「そうか」

自分でも意味不明な説明だったと思うが、マコトは何も聞き返してはこなかった。

「じゃあ決まりだ」

「決まりだ、じゃねえよ。お前は死ぬんだぞ」

「死ぬっつうかさ」

「なんだよ」

「もう、十年も気になってしょうがねえんだよ」

「何がだ」

「指輪だよ。ヨッチがさ、喜んでくれるかどうか、気になって夜も眠れねえんだよ」

「そんなもん、」

いまさら言ってもしょうがねえじゃねえか。と言おうとして、俺は口をつぐんだ。

「喜ぶかな」

「喜ぶ、んじゃねえか」

「気になるだろ、なあ。結構時間も経っちゃっただろ？　そろそろ渡しに行きてえんだよ」

「なるほどな」

だから、「プロポーズ大作戦」なのか、と俺は天を仰いだ。

＊　＊　＊

誰も通らない道、静かな冬の朝。小さくて、名前も無い俺の世界は、粉々に砕けて、跡形も無く消えようとしていた。エンドロールが止まって、ジ・エンド、という文字が現れるまで、俺はガードレールに腰を掛けて、世界の終わりを見守っていなければならない。そうだろ？　とつぶやくが、答えは返ってこない。

　視線を上げると、遠くから車が迫る、乾いた音が聞こえた。先ほど、俺を轢き殺しそうになったステーションワゴンと同じ方向からだ。今日は車通りが多いな、と目をやると、白と黒の車体が見えた。

「まずいな」

　県警の自動車警ら隊と見られるパトカーは、すべるように走ってくると、俺の前で動きを停めた。すぐに、中から警官が二人降りてきて、俺を挟むように近づいてくる。唾を飲み込み、少し身構える。心臓が高鳴ってくるのを感じて、胸に手をやる。ゆっくりとではあるが、はっきりと心臓の鼓動が手に伝わってきた。

「どうも、おはようございます、お兄さん」

「どうも」

　一人は、柔和な顔にメガネをかけた、三十代後半くらいのぽっちゃりした警官、もう一人は、いかめしい顔をした年配の警官だった。ぽっちゃりメガネが、これでもかというほど懐っこい笑顔で、話しかけてくる。年配の警官は、じっと口を結んだまま、少し離れた位置で射るように俺を見ている。

「こんな朝早く、なにしてるんです？」

「パーティですよ。今日、クリスマスでしょ」

「パーティ、って、こんなところで？」

メガネ警官が、俺の足元に視線を移す。花瓶代わりのコーラ缶と、真新しい煙草を見て、一応の事情は汲《く》み取《と》ってもらえたように見えた。年配の警官の眉毛が、ピクリと動いた。

「事故ですか」

「そんなもんですね」

「お邪魔してしまってすみませんね」

「いいえ、大丈夫ですよ。なんかあったんですか」

人の好《よ》さそうなメガネは、足元の煙草に向かって、手を合わせた。

「ちょっとね、ずいぶん向こうで、人身事故がありましてね。加害者が逃走中なんですよ」

「轢き逃げ、ですか」

「なんか、不審な車両を目撃してはおられませんかね」

急に、年配の警官が言葉を挟んだ。口調は鋭く、厳しかった。

「おまわりさん、それ、黒いステーションワゴンとかじゃないですよね、犯人」

思わず、二人がお互いの顔を見合わせた。メガネが頷いて、心なしか緊張した顔で俺を見る。

「そういう、目撃証言もあるんですよね。気になる車両に心当たりがあります？」

「いや、ついさっきですけど、そこの横断歩道あるじゃないですか。そこ渡ろうとしたら轢かれそうになったんですよ。黒い車。なんか、辛気臭いオッサンが、真っ白な顔で運転してて」

「轢かれかけたのによくそこまで見えましたね」

「死ぬ間際に時間がゆっくりになるってのは、マジですね、あれ」

「どんな様子でしたか」

「なんか、前を見てるんだか見て無いんだか、という感じでしたよ。俺はちゃんと青信号で渡ったんですけどね。ここ通るときは絶対押ボタン押すことにしてるんで。俺のことは見えてなかったんじゃないですかね。それくらい、前をじっと見てる感じで」

「どっちに行ったかわかります？」

「すげえスピードで、向こうにぶっ飛んでいきましたけど。なんだありゃ、って思って。人ハネて逃げてた、ってんなら、ああ、なるほどな、って感じですね」

「どれくらい前ですか」

「ほんの、何分か前ですよ」

二人の警官はもう一度顔を見合わせる。メガネは「ちょっとすみません」と言って俺に背を向け、制服に装着された無線機を手に取り、「自《じ》ら隊サンマルより本部」だとか、「被疑者と思《おぼ》しき車両の目撃情報あり」といったやり取りを始めた。

「ここで事故があった、って話はここのところ聞かねえな。いつの話だ」

いつの間にか隣に並んでいた年配の警官が、急に話しかけてきた。

「十……、十一年前、ですね」

俺は真っ直ぐに、警官の目を見て言った。

「十年ほど前にそんな事故があったって話は知らんが」

「事故、じゃなかったからじゃないですかね」

「どういう意味だ」

「さあ、まあ、そういう意味です」

年配の警官は少しの間、黙った。

「お兄さんよ、身分証持ってるか」

「え、あ、必要ですか」

「一応だよ。別に轢き逃げ犯だとは思ってないから」

「常套句《じょうとうく》でしょう、それ」

いいから見せろ、とでも言うように、警官は人差し指と親指を擦り合わせた。しぶしぶ、財布から免許証を取り出し、警官に渡す。警官は、俺の免許証をしげしげと眺め、名前やら住所やらを確認していた。また唾を飲み込む。胸の鼓動が速くなっていくのを感じた。

「職業は」

「職業、フリーターって言うんですかね、俺みたいなのは」

「その歳でか」

「そう思いますよね」

「親は何も言わんのか」

「親はいないんですよ。小さい頃に死にましたから」

「両親ともか」

「両親ともです。そっちはまごうことなき事故です」

「そりゃ、悪いことを」

いいえ、と首を振った。両親のことを思い出すのは、悲しいと言うより、懐かしい。

「まあでも、まっとうに働いたほうがいいぞ」

「そうですよね。働かざるものは日本国のお荷物ですし。少ししたら、ちゃんと働こうと思ってますよ」

「なんかあてでもあるのか」

「いや、あては無いですけど、向いた職業があるって、昔勧められたんでね」

「プロレスラーにでもなんのかい」

　警官は、俺の太い二の腕を揉みながら、初めて笑った。

「いいえ、そういうのはたぶん向いて無いと思いますよ。ビビリなんで」

「じゃあ、なんだ」

「殺し屋です」

　警官の眉毛がまたピクリと動く。

「仕事って言うのか、それは」

「まあ、そう言われると辛いですよね」

「やったら即逮捕だ」

「冗談ですよ。それに、殺人は刑事一課の担当でしょう」

「現行犯なら俺が逮捕する。今はオマワリだが、昔は刑事だったからな」

「なんでまた制服勤務になったんですか」

「面倒臭えヤマに頭突っ込んじまったからだよ」

「嫌ですねえ、そういうの」

　俺も警官も、今度は視線を合わせなかった。

「轢かれた人は、亡くなったんですか」

「即死だ」

「可哀想に」

そう言うと、警官は俺を覗き込むように見る。

「シロタ、とかなんとかいう男だったな」

「たぶん、キダっていうんですよ、そいつ」

「キダ？」

「お城の城に、田んぼの田で、キダ」

「ああ、そんな名前だったかも知れん」

「いいんですか、個人情報とか」

「うるせえ。口外するなよ」

「おまわりさん」

「なんだ」

「轢き逃げ犯なんてのはね、みんな爆弾で吹っ飛ばしてやりゃいいんですよ」

そういや昨日、東京で爆弾騒ぎがあったな、と、警官は他人事のようにつぶやき、放り投げるような勢いで免許証を返してきた。そのうち、無線通信を終えたメガネが振り向き、年配の警官に向かって目で「行きましょう」と合図した。

「すみませんね、お兄さん。お邪魔して」

「いいえ。捕まるといいですね」

「捕まえますよ。ご協力ありがとうございました」

二人の警官は、いそいそとパトカーに乗り込む。メガネが、突き出た腹のせいでシートベルトを締めるのに苦労していると、助手席側のパワーウィンドウが開き、年配の警官が首を出した。

「澤田さんよ」

「あ、はい」

「この後どうするんだ」

「そうですね、海にでも行こうかと」

「真冬だってのにか」

「真冬だってのにです」

「なんかあるのか」

「さあ。でも、まあ、転がってるかもしれないですね。断片とか」

なんのだ、と警官が言うので、俺は、世界のですよ、と答えた。

「ま、気をつけろよ」

パトカーはサイレンを鳴らし、黒いステーションワゴンがぶっ飛んでいった方向に姿を消した。心臓はまだ緊張から解き放たれていないのか、肋骨を内側からへし折らんとしている。「俺」の手には、今しがた返却してもらった「俺」の運転免許証が握られていた。引きつった俺の写真と一緒に、氏名の欄には、「澤田マコト」と記載されている。余ったＩＤは業者の手に渡って保存され、このように有効活用される。

「お前の心臓なんて、死んでも止まらねえだろ」

免許証を見ながらそうつぶやくと、遠くから、天才は若くして死ぬ、という声が聞こえた気がした。俺は、憎まれっ子世に憚るとも言う、と返した。

心臓がバクバクして、顔とか手が熱くなって、生きている、という感じがしていた。北風が重苦しい雲を散らして、冬空は青く澄んでいた。

ポケット

マコトが、寒《さみ》ぃ、と言うたびに、息が、白く濁って消えた。灰色の空はどんよりとしていて、圧し掛かってくるような低さだった。あたしは、こたつに足を突っ込んでコーラを飲みつつ、古いアメリカ映画のＤＶＤを観《み》ていたマコトの腕を無理矢理引っ張り、外に出た。冷たい空気を吸いたくなったからだ。

「なにしてんだよ、さっきから」

外は寒い。いつものように大きめのコートを着て、いつものようにフードを目深に被る。自分の顔を無防備にさらすのは好きじゃなかった。フードを被ると、周りの音が遠くなって、自分の息遣いがよく聞こえる。視界は前方だけになって、興味のないものは見なくて済む。まるで、巣穴に籠《こも》って、外の世界を垣間見《かいまみ》ているような感覚が好きだ。マコトが、調子に乗ってると今にまた転ぶぞ、と、一応の忠告をしてきたが、あたしはいつもそれを無視する。転んで足を擦りむくくらいで済むなら、世界の四分の三を遮断する方が好きだ。

「マネだよマネ。キダちゃんの」

「あいつは煙草《たばこ》吸うとき、最初鼻から出すんだよ、煙を」

「え、そうだっけ」

ふん、と勢いよく鼻息を出すと、一緒に出してはいけないものが出そうになったので、慌てて止《や》めた。

「でさ」

「うん？」

「どこに行くんだよ」

「お肉屋さんだよ、キダちゃんちの近くの」

「肉なら、駅前のスーパー行ったほうが早いだろ」

「だって、向こうの方がおいしいんだもん。特に鶏肉《とりにく》。全然違うよ」

「だからって、わざわざ今日行くこともねえだろうに」

「いいの。今日はおいしい唐揚げを食べる日」

バカだろおまえ、と、マコトは盛大にため息をついた。バカとは何だ、とあたしは口答えをする。

「冬なんてのはさ、家に閉じこもってじっとするもんなんだよ。亀《かめ》でも熊《くま》でもそうしてんだろ」

まあまあ、いいじゃない、と、あたしはマコトの尻《しり》を蹴《け》った。ガタイのいいキダちゃんはともかく、華奢《きゃしゃ》なマコトはかなり強めに感じているかもしれないが、やめろ、とは言われない。マコトがドッキリを仕掛けてくるように、あたしも、尻を蹴って人に近づこうとしているのかもしれない。当然、受け入れてくれる人は二人しかいないけれども。

マコトと二人並んで貯水池横の道をちんたら抜けると、相変わらず交通量の少ない、二車線の道路が見えてくる。県道四十六号線。市街地から山沿いの別荘地を結ぶ、長い一本道。

「また！」

あたしは右手を伸ばして、一歩前でひらひらしているマフラーを引っ摑《つか》んだ。前に進もうとしていたマコトが、急に首を固定されて、ぐぅ、とカエルが死んだような声を出した。

「おい、なにすんだよ」

「信号あるでしょ。いつも言ってんじゃん」

すぐ目の間には、「押ボタン式」と書かれた信号と、ずいぶん剝《は》げて存在感のなくなった横断歩道がある。

「こんなとこに信号置く意味あんのかよ」

「キダちゃんと同じようなこと言うのやめてよね」

「大体みんな、同じこと言うと思うぜ」

県道四十六号を車が走っているところなど見たことがない、と、マコトは主張した。

「意味があるから信号があるんだよ」

「わかってるって。押ボタンを押さねえと押ボタンの立場がなくなるんだろ」

押ボタンに立場があるか知らねえけどさ、とマコトはぶつくさ文句を言ったが、あたしはマフラーを離さなかった。

随分昔に、交通事故で死んだ犬を見たことがある。まだ、小学生だった頃《ころ》の記憶だ。車にはねられて道路脇に横たわった犬には、首輪がついていた。どうして、家の外に出てしまったんだろう。飼い主にいじめられていたのだろうか。それとも、外に何かがあると信じて、我慢できずに出てきてしまったのだろうか。

あの頃のあたしには、もう動かない犬の亡骸《なきがら》を、赤い信号機が悲しそうに見下ろしているように見えた。押ボタンさえ押してくれたなら、と悔やんでいるようだった。

「だってさ」

「うん？」

「困るじゃん」

「困る？」

「マコトやキダちゃんがさ、車にはねられて死んじゃったら、困る」

「困るのかよ」

「そうだよ。後に残されたらさ、どうやって生きていけばいいかわかんないじゃん」

「でも、遅かれ早かれ、俺《おれ》らの方が先に死ぬんだぜ」

「やめてよ。なんで？」

「女の方が長生きするだろ、だって」

あたしは、まあ、そうだけどさあ、と会話を流そうとしたが、取り残された自分を想像すると、思いきり言葉が詰まった。二人がいなくなった世界には、きっと色がない。すべてが無味乾燥でひび割れていて、寄りかかる場所もない。部屋に閉じこもって、たった独りで白黒の映画をぼんやりと観ていた、思い出したくもないあの頃に戻ってしまう。

動かない犬とマコトとが重なって、心臓が干しぶどうくらいのサイズに、ぎゅう、と縮んだ。叫びたくなるのを腹筋で抑え込んで、「やだよそんなの。バカマコト」と極力軽く返事をしようとしたが、「やだ」まで言ったところでダメになった。頬骨《ほおぼね》や眉間《みけん》がじんと熱くなって、肺が小刻みに震えて、コントロールが利かなくなる。

「おい、いきなりなんで泣いてんだよ」

「泣いてないよ」

「じゃあ目と鼻から何出してんだよ、それ」

マコトは、どこかのネコ型ロボットかと思うほどいろいろ出てくるポケットから、しわだらけの白いハンカチを出した。ひったくるように受け取り、崩れた顔を覆い隠す。ハンカチは、ほんのりと機械油臭い、マコトの匂いがした。

「すっぴんでよかった」

「行くぞ、ほら」

マコトの左手が伸びてきて、あたしの右手首を摑んだ。いつの間にか、歩行者用信号が、いかめしい顔で「行け」と告げている。そのまま、マコトに引かれて四十六号線を渡る。時間にして数秒、距離にして七、八メートルくらい。渡りきる間に、自然と指が絡んで、手と手が繋《つな》がっていた。カチリ、と音がした気がした。

「ねえ」

「なんだよ」

「初めてだよ」

「なにがだよ」

「マコトから手を繋いできたのがだよ」

「初めてってことねえだろ」

「初めてだってば。間違いないね」

「嫌なのかよ」

「嫌だったら、すかさずチョップしてるよ」

素直な気持ちを言葉にできないまま、少し背の高いマコトの横顔を見た。髪の毛にもフードにも覆われていない耳が、寒風にさらされて赤くなっていた。もしかしたら恥ずかしくてそうなっているのかもしれない。外を歩くときは、マコトがあたしの一歩前を歩く。あたしが追い縋《すが》って、無理矢理マコトの手を取るのがいつもの流れだった。

不意に、マコトが腕を引き寄せた。一つに組み合わさった二人分の手が、マコトのコートの左ポケットに収まる。思った以上に深くて広いポケットだった。あたしとマコトの距離が狭まって、二人が世界の中で占有する空間が小さくなった。

「あったかい」

「だろ」

「でも、なんかイッパイ入ってるんだけど、なにこれ」

手の甲に、異物があたる。何かはよくわからないが、おそらくはドッキリグッズの数々だろう。

「まあ、いろいろ」

「これは？　紐《ひも》みたいなの」

「触んなよ。下手するとバーンとかドーンて行くぞ」

「そっちにも入ってんの？」

あたしは、マコトの右ポケットを覗《のぞ》き込む。手が、ポケットの中でもぞもぞと動いていた。膨らみ方からすると、ルービックキューブのような、小さくて四角いものを弄《もてあそ》んでいるように見えた。

「まあな」

マコトは、面倒臭そうに返事をした。新しく仕入れたドッキリのネタだから、まだ公開はできないらしい。

「見たらビックリする?」

「ドッキリ」

「ああ、そっか。ドッキリ」

じきに雪が降る。空気の冷たさがここ数日で加速して、鼻の奥に刺さるほどになってきた。ついこの間まで夏だと思っていたのに、もうすでに冬だ。一年が矢のように飛んでいく。幸せな時間も、刻々と消費されている。

あと何回冬を越して、あと何回夏を迎えられるだろう。さすがに、八十回は無理そうだ。六十回くらいは行けるだろうか。一回がこんなにあっという間なのに、たったの六十回。いつかは死神がやってきて、無理矢理この手をもぎ取ってしまう。本パパを奪った時と同じように。

一日あれば、世界は変わる。

二日あったら、宇宙がなくなってもおかしくない。

また涙がこぼれないように歯を食いしばっていると、マコトが、力強くあたしの手を握りしめた。下を向いたまま、あたしも同じように力を込めた。力を入れれば入れるほど、固く、深く、結びついていくような気がした。

「ねね、さっきさ、何観てたの？」

これ以上しんみりしたら、本当にどうしようもないほど涙が出てきそうなので、あたしは強引に話題を変えることにした。

「さっき？」

「家で」

マコトは、にやりと笑って『俺たちに明日はない』と答えた。ボニーとクライドという実在の犯罪者カップルが、強盗殺人を繰り返しながら破滅へと向かっていく姿を描いた、古いアメリカ映画だ。あたしも、小さい頃に見たことがある。

「いいね。ナイスなチョイス」

「だろ？」

褒められて喜んだのか、斜め前に覗くマコトの口元が緩んだ。

「じゃあさ、肉屋はやめて、今日は強盗に行こう」

「強盗？」

「そうそう。車を盗んでさ、銀行に行って銃をぶっぱなして、手を上げろ、金を詰めろ、って」

「銃なんか持ってねえよ」

「なんかしらあるでしょ、バーンとかドーンとか鳴るやつが」

「やだよ、面倒臭《くせ》え」

「なんでよ。マコトがクライドで、あたしがボニーだよ」

マコトは、何も答えない。きっと「それはちょっとイイ感じ」などと思っているに違いない。横から見る小鼻が震えるのを見て、わかりやすさに思わず噴き出した。

「だいたい、強盗してどうすんだよ」

「強盗しながら日本中回ってれば、一緒に死ねるかもしれないじゃん」

映画のラストシーン、レンジャーの待ち伏せを受けたボニーとクライドは、機関銃の斉射を受けて一言も残さずに絶命する。現実の二人も、そんな最期を遂げたらしい。

因果応報と言ってしまえばそれまでだが、画面越しに二時間近くを共にした彼らとの別れは、妙にさみしくなる。二人が築いた、儚《はかな》くて血生臭い世界は、理屈では語れない喪失感を残して、静かに終わってしまう。

死にたいとは思わないけれど、どうせ死ぬなら一緒に死にたい。同じ日に、同じ場所で、同じように、世界の終わりを迎えたい。あたしは、本気でそう思っていた。そして、それがなかなか難しい願いであることも知っていた。

「おい、なんでオチを言うんだよ、バカ」

あいつら死ぬの？　と、マコトが悲しそうな声を出すので、笑いながら、ごめん、と謝った。家を出るとき、まだラストまで観ていなかったらしい。

笑い疲れて振り返ると、県道四十六号線はずいぶん遠くなっていた。落ち葉の積もった林道を抜け、ザリガニの獲《と》れるザリ川を越えて、公園を横切る。住宅街の端っこにキダちゃんの家があり、さらに少し行くと、評判の肉屋がある。絶品なのは、百グラム二百円の鶏唐揚げだ。

「銀行強盗は却下だな」

「だめかあ。なんで？」

「俺たちには明日があるだろ」

「わかんないじゃん。一日あればさ」

「変わらねえよ」

マコトがぴしゃりと言い切ったので、あたしはしゃべるのを止めて顔を上げた。ポケットの中の手が、また少し、強く、固くなる。もうそろそろ、離そうとしても離れなくなっているかもしれない。

「変わらない？」

「世界がどう変わろうが、明日《あした》も明後日《あさって》も変わらねえさ。俺も、ヨッチも」

あいつもな、と、マコトは忘れずに付け加えた。ひげ面ののんびりとした親友は、今頃くしゃみの一つでもして、風邪かと思っているかもしれない。

若き銀行強盗たちは、閉ざされた狭い世界から、銃を手に、盗んだフォードV8で逃げ出した。彼らの世界には、冬の日のポケットみたいな温かさはなかったのだろう。かつては、あたしも同じだった。髪を染めて、目を尖《とが》らせて、自分もろとも人を傷つけながら、世界の外へ逃れようとしていた。目の前の世界から逃れた先には、きっと自分の居場所がある。そう信じていなければ生きていけなかった。

「来週、クリスマス会やるじゃん？」

「おう」

「チキンの丸焼きを出したら、みんな驚くんじゃない？」

マコトは少し考えて、いいねそれ、と笑った。

「じゃあ、お肉屋さんに頼んでいこうか」

「いいけど、誰《だれ》が取りにくんだよ、鶏をよ」

「あたしが行くから、いいよ」

「トリをトリに行くのか」

「こんな真冬日に、寒いダジャレとかやめてよ。笑えない」

誰も知らない、名前も無い世界の片隅で、あたしは静かに生きている。いろいろなものが雑多に詰め込まれた、一キロ四方の小さな空間。居心地がよくて、出たくなくなる。外の世界が寒ければ寒いほど、ポケットの中は温かくて幸せだった。夢も、希望も、全部がそこに詰まっていて、足りないものは何一つなかった。

一日あれば、世界は変わってしまう。でも、世界が変わったくらいじゃ変わらないものもあるのだと信じたかった。

「ねえ、マコト」

「うん？」

「明日も変わらないかな」

人生は、チョコレートの箱のようなもの。開けてみるまで、中身がわからない。あたしたちは明日のことさえわからなくて、何が正解かなんて知る術《すべ》もない。でも、あたしは信じ続けようと思っていた。冷たく凍えていたあたしを、温かいポケットに導いてくれた、この手を。

「変わらねえだろ。たぶん寒くて、曇ってる」

あたしは、無粋！　と叫びながら、空いている手でマコトの頭にチョップを叩《たた》き込んだ。痛《いて》えよバカ、とマコトが言って、あたしがバカとはなんだ、と返す。ポケットの中の手は、固く固く、結びついたままだった。

＊＊＊

雪が降っているのはわかるのに、雪の冷たさはもうわからない。痛みも苦しさもなくて、街灯に照らされる真っ白な地面だけが目の前にあった。

マコト。

キダちゃん。

名前を呼んでも声は出なかった。このまま、あたしはどこに行くのだろう。そう思うと、不安だった。

マコト。

寒いよ。

あたしは、きっと夢を見ているんだ。何が現実で、何が夢かはわからないけど、たぶんそうだ。今はどうしようもなく眠くて、目を開けていられない。これから落ちていくであろう眠りの深さに尻込みしながら、朝目覚めたときにある世界が、二人のいる世界でありますようにと、神様に祈る。神様なんていると思うか？　という声が聞こえた。あたしは、いてくれないと困るよ、と答えた。

手が冷たい。右手にありったけの力を込めて、ポケットを探した。温かくて、居心地のいい、あのポケットを。

解　説

藤田香織

たとえば。

何かのきっかけで出会った人が、自分の好みのタイプど真ん中だったとき。あるいは、最初はあまり気にもとめていなかった人と、思いがけず意気投合し盛り上がったとき。胸に広がるあの気持ちを、まずはちょっと思い出してみて欲しい。

始まるかもしれない、という予感。見つけたかもしれない、という喜び。

まだ先のことなんてわからない。なのに、あれこれと想像をめぐらせて、ついつい頰《ほお》が緩んでしまいそうになる。あのなんともいえない昂揚《こうよう》感は、なにかと世知辛い日々のなかでそう滅多に味わえるものではない。

けれど、どうだろう。既にこの『名も無き世界のエンドロール』を読み終えたあなたの胸には、今、それに似たものがないだろうか。

私にはある。二年前の初読のときにも強く感じたその思いは、今回、年月を経て再読しても、消え去ることはなかった。

これから本文を読むという解説先読み派の人は、ぜひ楽しみにして欲しい。読み終えた後、あなたはきっと作家・行成薫に、そんな期待を抱かずにはいられなくなるはずだ。

人と人の出会いと同じく、一冊の本と出会うきっかけにも様々あるが、本書を手にした人は、なんといっても、この作品が第二十五回小説すばる新人賞の受賞作（応募時のタイトルは「マチルダ」）だったから、という理由が大きいだろう。

数多い公募新人賞のなかでも「小すばる新人賞」は、受賞者の生き残り率が高いことで知られている。篠田節子《しのだせつこ》、佐藤賢一《さとうけんいち》、村山由佳《むらやまゆか》、熊谷達也《くまがいたつや》、朝井《あさい》リョウといった後の直木賞作家のみならず、荻原浩《おぎわらひろし》、堂場瞬一《どうばしゅんいち》、山本幸久《やまもとゆきひさ》、三崎亜記《みさきあき》、飛鳥井千砂《あすかいちさ》、千早茜《ちはやあかね》など数多くの人気作家を輩出していて、それだけに読者だけでなく、作家志望者の注目度も高い。応募総数も長編新人賞のなかではトップクラスで、第二十五回は一四二三作が寄せられた。『名も無き世界のエンドロール』は、その激戦を勝ち抜いた作品（櫛木《くしき》理宇《りう》『赤と白』と同時受賞）である。単行本の刊行後には『王様のブランチ』のブックコーナーを筆頭に、新聞や雑誌でも数多く取り上げられていたが、それも実績のある新人賞の受賞作、という「肩書き」の良さがものをいったケースもあったに違いない。とはいえ、あえて言うが、本書は決して優等生的な小説ではない。仕事柄、私は年間三〇〇作ほど新人賞の応募原稿を読むのだけれど、本書よりも「巧《うま》い」と思う作品は、正直、この年にも何作かあったし、各新人賞の受賞作ともなれば尚更《なおさら》だ。

それでも。二〇一三年（単行本の刊行年）の「新人王」を選べと言われたら、やはり本書を挙げる。

荒削りで、不親切で、やんちゃで、はちゃめちゃで、ドリーミーなこの物語に、私はどうしようもなく惹《ひ》かれたのだ。

その理由を語る前に、ひとまずは本書の概要に触れておこう。

主な登場人物となるのは語り手の「俺」ことキダと、幼馴染《おさななじ》みのマコト。小学一年生の頃から長い付き合いのふたりは、それぞれ親との縁が薄く、親戚宅に身を寄せて育った。悪戯《いたずら》好きで幼い頃からあの手この手で周囲を驚かしてきた「ドッキリスト」のマコトに対し、キダは大きな図体に似合わず天性の「ビビリスト」。それでも、同じ境遇、同じにおいのふたりは、ベタな言い方だけれど唯一無二の親友同士だった。

物語はまず、ふたりの高校時代のエピソードから幕を開け、それが三十一歳の「俺」の回想だと分かったところで、本章へと突入する。最初の「硬直した世界とナポリタン」で語られるのは、〈半年前　三十歳〉のふたりの姿だ。昔馴染みのファミレス「ミルキー・ミルキー」でマコトと待ち合わせたキダは語る。〈マコトは変わった。俺から見れば本質的な変化は何もないが、見た目や、仕事、アイツを取り巻く環境は激変した。

少なくとも、十年ほど前までは似たような服を着て、近所に住み、同じ仕事をしていたのだ。俺もそれなりに変わったが、アイツほどではないと思っている〉。かつて小さな板金塗装会社でキダと共に働いていたマコトは、今や右肩上がりで急成長中のワイン輸入代行会社の社長となっていた。均整のとれた身体にタイトなスーツと高級な腕時計を身に着け、一年ほど前からは大手飲食店グループ社長の一人娘で、モデルの肩書きも持つリサと交際中。そんなマコトがいよいよ「プロポーズ大作戦」なる計画が、クライマックスにさしかかった、と言いだした――。

となれば、マコトが筋金入りのじゃじゃ馬セレブであるリサとの結婚を目指し、キダはその悪戦苦闘を見守る、という図式が頭に浮かぶ。汗と涙と笑いとドッキリたっぷりな、恋と男の友情話なのか、と想像する読者も少なくないだろう。結果的に言うと、それはひとつも間違っていない。

しかし、何ひとつ本当でもないのである。

半年前から十三年前、七年前、十年前、五ヶ月前、十六年前……と、行きつ戻りつしながら、語られていくのは「その日」までの長い長い時間だ。ふたりと同じにおいを持ち、掛け替えのない仲間になったヨッチとの出会い。「それなりに変わった」キダの交渉屋という仕事。リサとの出会い、マコトが成り上がった方法。時系列に沿って遡《さかのぼ》るのではなく、不規則に年月が飛ぶうえ、随所に回想場面やキダの記憶の〈断片〉も挿入される。何がどうして、どう繋《つな》がるのか。そこにどんな理由があるのか。読者はジグソーパズルのように欠片《かけら》を拾い集めて、整理しつつ、考えなければならない。正直、わかりにくい、と感じる人もいるだろう。それでもページを捲《めく》る手を止められないのは、ひとつひとつのピース自体に手放し難い魅力があるからだ。

忘れられない場面はたくさんある。新しいクラスメイトたちの前に立たされ、深く俯《うつむ》き言葉の出ない金髪のヨッチに向けて放り投げられた赤い缶コーラ。「JIM」こと宮沢板金塗装の作業場で、マコトがリサに仕掛けたチャチなドッキリ。ヨッチがかつて住んでいた町の海岸で、三人一緒に撮る写真。印象的な台詞《せりふ》は数えきれないほどある。「生きてる、って感じ、するだろ?」。「一日あれば、世界は変わるんだよ」。「神様、なんているかよ」。「忘れるんじゃねえよ！　バカー！」。

一度読み終えた後、再び読み返さずにはいられなくなる人も多いと思うが、再読すると何気ない描写の色味も増して見えてくる。ひと気のない県道四十六号線。「俺」が呟《つぶや》く呪文のような〈押ボタン式信号の押ボタンを押さなかったら、押ボタンの立場がねえだろう〉。「ミルミル」で、大人になっても変わらず、キダとマコトが注文し続けるナポリタンとオムライス――。

果たして、作者が鏤《ちりば》めたピースを拾い集めて、確かめて、最後に浮かび上がった絵を前に、読者は何を思うだろう。興奮したのか、感動したのか、面白かったのか、切なかったのか。いずれにしても、感想が揃《そろ》うことはないだろう。これは悲しい話なのか、荒唐無稽《こうとうむけい》な物語なのか、ハッピーエンドなのか、バッドエンドなのか。書評家、という仕事をしているくせに、私には言い切ることもできない。でも、そこがいいのだ。たまらなく切実で、笑いながら泣けてくる、ちっぽけな世界の、途方もなく大きな愛を、有り得ないと思いながらも信じたくなる。「楽しみだ」と心から思える作家にまたひとり出会えたことを、「神様」に感謝したくなる。

最後に。文庫化にあたって、本書にはヨッチの視点から描かれた「ポケット」が加筆されている（あえて詳しく触れません）が、デビューから二〇一五年一月現在までの間に、行成薫は「中華そば　ふじ屋」（二〇一三年四月号）、「真夏の雪」（二〇一三年十二月号）、「４Ｍ２５」（二〇一四年十二月号）の短篇《たんぺん》三作を「小説すばる」誌上で発表している。いずれ一冊にまとまる日も来るとは思うが、機会があったらぜひこれらにも目を通してみて欲しい。いずれも、良い意味で予想を裏切り（「４Ｍ２５」はタイトルから内容を予想するのも難しいが）、益々《ますます》次作が待ち遠しくなるだろう。

そして待望の新刊も、まだはっきりとはしないものの、そう遠くないうちに刊行が予定されていると聞く。エンドロールが終わっても、行成薫の世界はまだ始まったばかりなのだ。そしていつの日にかまた、どこかで「澤田マコト」に会える日が来ることも、こっそりと神様に祈り続けたい。

（ふじた・かをり　書評家）

第二十五回小説すばる新人賞受賞作
初出　「小説すばる」二〇一二年十二月号（抄録）
『ポケット』文庫書き下ろし
本書は二〇一三年三月、集英社より刊行されました。

集英社文庫　目録（日本文学）

山本幸久　男は敵、女はもっと敵
山本幸久　美晴さんランナウェイ
山本幸久　床屋さんへちょっと
山本幸久　GO!GO!アリゲーターズ
唯川恵　さよならをするために
唯川恵　彼女は恋を我慢できない
唯川恵　OL10年やりました
唯川恵　シフォンの風
唯川恵　キスよりもせつなく
唯川恵　ロンリー・コンプレックス
唯川恵　彼の隣りの席
唯川恵　ただそれだけの片想い
唯川恵　孤独で優しい夜
唯川恵　恋人はいつも不在
唯川恵　あなたへの日々
唯川恵　シングル・ブルー

唯川恵　愛しても届かない
唯川恵　イブの憂鬱
唯川恵　めまい
唯川恵　病む月
唯川恵　明日はじめる恋のために
唯川恵　海色の午後
唯川恵　肩ごしの恋人
唯川恵　ベター・ハーフ
唯川恵　今夜 誰のとなりで眠る
唯川恵　愛には少し足りない
唯川恵　彼女の嫌いな彼女
唯川恵　愛に似たもの
唯川恵　瑠璃でもなく、玻璃でもなく
唯川恵　今夜は心だけ抱いて
唯川恵　天に堕ちる
唯川恵　手のひらの砂漠

湯川豊　須賀敦子を読む
行成薫　名も無き世界のエンドロール
行成薫　本日のメニューは。
雪舟えま　バージンパンケーキ国分寺
柚月裕子　慈雨
夢枕獏　神々の山嶺《いただき》(上)(下)
夢枕獏　黒塚 KUROZUKA
夢枕獏　ものいふ髑髏《どくろ》
夢枕獏　秘伝「書く」技術
養老静江　ひとりでは生きられない ある女医の95年
横幕智裕 周良貨／能田茂・原作　監査役 野崎修平
横森理香　凍った蜜の月
横森理香　30歳からハッピーに生きるコツ
横山秀夫　第三の時効
吉川トリコ　しゃぼん
吉川トリコ　夢見るころはすぎない

集英社文庫

名《な》も無《な》き世界《せかい》のエンドロール

2015年2月25日　第1刷
2020年6月6日　第3刷

定価はカバーに表示してあります。

著者　行成《ゆきなり》　薫《かおる》

発行者　徳永　真

発行所　株式会社　集英社
東京都千代田区一ツ橋2-5-10　〒101-8050
電話　【編集部】03-3230-6095
【読者係】03-3230-6080
【販売部】03-3230-6393（書店専用）

印刷　凸版印刷株式会社

製本　加藤製本株式会社

フォーマットデザイン　アリヤマデザインストア　　マークデザイン　居山浩二

ISBN978-4-08-745284-6 C0193